精益求精干好本职工作

在创新的道路上自立自强

挑战不可能

“大国工匠人物传”丛书

乔素凯

『核』平守护者

沉洲◎著

中国工人出版社

国之大者，工匠先行

——“大国工匠人物传”丛书总序

在中华全国总工会成立100周年之际，全国总工会宣传教育部、中国报告文学学会、中国工人出版社联合开展了“文艺工作者走基层”活动，推出“大国工匠人物传”丛书，向全国总工会献礼，向广大劳动者致敬！

“知者创物，巧者述之守之，世谓之工。百工之事，皆圣人之作也。”这是中国所见年代最早的关于手工业技术文献《考工记》中对工匠的记载。“工”之责在于造物，“匠”者为能工鼎识者也。

幼时，老家云南昆明大板桥的老街上，从南头到北头，都是大大小小的手艺人，木匠、石匠、焗匠、骟匠、竹篾匠、鞋匠、箍桶匠……空气中飘荡着木匠的刨花香和石匠敲打出来的粉尘，充满着焗匠手中皮带的“吱扭扭”声、骟匠刀下小猪猡的闷哼、箍桶匠皮锤不轻不重的敲击声。老街上的竹篾匠是我的一个表姨夫，他来自四川，有着一手出神入化的编造竹篾手艺。粗壮的毛竹是表姨夫手中的"百万雄兵"，在一把锋利无比的刀的指挥下，被劈成厚薄、粗细不一的篾。表姨夫的本领仅次于撒豆成兵的天神，他能化篾成物，一般家里能见到、用到的器物，他都能用竹篾编出来。母亲曾命我在老街上买一个暖水瓶的内胆，然后去表姨夫的摊位上，坐等他为暖水瓶胆编制一件竹制的外壳。那个暖水瓶至今还在我家老屋的一个角落里。竹篾壳早已被岁月包了浆，虽然久不使用，却依然油润、红亮。这便是我幼时对匠人的记忆。

五千多年的中华历史长河中，涌现出了无数能工巧匠，他们或如明月光照，或如星河璀璨。一代代薪火相传的工匠精神，不仅成就了那些流芳百世的绝世建筑与器物，更是烛照我们通向文明现代化进程的精神之光，是我们文化的自信心、民族的根与魂。

从"嫦娥"探月到"祝融"探火，从"北斗"组网到"蛟龙"深潜，从港珠澳大桥横跨三地到大兴国际机场凤凰腾飞……这些挺起中华民族脊梁的大国重器、世纪工程背后，无不凝聚着万千工匠的心血和汗水，映照着工匠们孜孜以求、拼搏奋进的身影。

本套丛书收录的是全国总工会历年评选出的大国工匠

的人物传记。他们当中有焊接高铁的“工人院士”李万君、打破国外高端设备维修垄断的王树军、让中国锻件立于世界之巅的刘伯鸣、“人刀合一”的顶级钳工李凯军、在高空“穿针引线”的竺士杰、油田里的创新能手刘丽、了不起的“钢铁裁缝”艾爱国、数控机床上的“雕刻师”孟维、让三星堆文物“活”起来的郭汉中……他们有的是传统加工业的锻造者，为了突破技术瓶颈精益求精；有的是新兴制造业的探路者，为了实现精密制造巧思妙想；有的是军工行业的铸剑者，为了打造国之重器默默坚守；有的是民间手工艺的守护者，为了传承非遗文化精雕细琢……他们奋战在国防军工、装备制造、传统工艺等行业的第一线，以久久为功的钻研和创新，造就了一个个传奇。

这些杰出的工匠，尽管行业不同、岗位不一，成长经历各异，但他们都有着爱党爱国、敬业奉献、创新争先的优秀品质。他们耐得住清贫与寂寞，用灵巧的双手和精湛的技艺，数十年如一日地在平凡的岗位上雕琢自己心中的梦想，以实际行动诠释着“执着专注、精益求精、一丝不苟、追求卓越”的工匠精神。“天下大事，必作于细。”工匠精神既是中华民族技艺世代传承的价值理念，又是中国开启新征程，从制造业大国迈向制造业强国的时代需要。

“大国工匠是我们中华民族大厦的基石、栋梁。”2024年3月5日，习近平总书记参加十四届全国人大二次会议江苏代表团审议时强调“树立工匠精神”，指出“没有金刚钻，揽不了瓷器活”，要“把第一线的大国工匠一批一批培养出来”。党的十八大以来，习近平总书记对建设高素质劳动大军高度重视，强调“当代工人不仅要有力量，还要有智慧、有技术，能发明、会创新，以实际行动奏响时代主旋律”，深刻阐述工匠精神“执着专注、精益求精、一丝不苟、追求卓越”的内涵要义，号召全社会弘扬工匠精神，“为全面建设社会主义现代化国家、实现中华民族伟大复兴的中国梦提供有力人才和技能支撑”。

“匠心聚，百业兴。”无论是传统产业，还是新兴产业、未来产业，大国工匠在发展新质生产力的历史进程中不可或缺。随着经济发展方式转型和产业结构升级，中国要实现由制造大国向制造强国的转变，实现由中国制造向中国创造的跨越，离不开广大劳动者的创新和创造，更离不开对工匠精神的继承和发扬，于是呼唤更多大国工匠成为时代强音。

文艺是时代进步的号角，最能代表一个时代的风貌，最能引领一个时代的风气。中国报告文学学会、中国工人出版社联袂推出“大国工匠人物传”丛书，以图书的形式为大国工匠树碑立传，让他们的故事和精神具有更广泛的交流传播价值和长久的史料价值。本套丛书的写作者奔赴大国工匠生活的城市，深入大国工匠工作的厂区、车间、工作室，获取了全面细致的第一手材料，最终将大国工匠的成长、成才故事呈现在读者面前。

“大国工匠人物传”丛书讲述的是个人奋斗史，也描绘出大国工匠的群体形象。可以说，这套丛书是目前国内系统研究众多大国工匠人生轨迹的权威读本，既有对每位大国工匠的整体介绍和事迹梳理，又有具体的事件、案例，全面、生动地展示了大国工匠各个人生时期的工作和生活状态。

新时代是奋斗者的时代，中国式现代化建设新征程这一宏伟事业为广大工匠技能人才成就梦想提供了广阔舞台。每位劳动者都是主角，都可以成为工匠精神的践行者。大国工匠是新时代的最美奋斗者，更是和平年代当之无愧的英雄。

国之大者，工匠先行，向着中华民族伟大复兴的目标砥砺奋进，行稳致远。

是以为序。

目 录

第一章 与“核”有个约会

1992年夏天，一列由北向南开往广州的火车上，坐着一位身穿汗衫的小伙子。他那张国字脸，浓眉大眼，纯粹一副北方人憨厚朴实的模样。斜射进硬座车厢的一缕阳光打在他脸上，侧逆光勾出上唇的绒须。此时，他挺直腰杆儿，眼神懵怔，不知落在车窗外的什么地方。成片染黄的田畴，清亮婉转的溪流，葱绿起伏的山岭……这些与家乡迥然相异的风物景色，毫无感觉地从他眼前一一掠过。他的整颗心好像被热气蒸腾着，始终飘忽在半空中。耳道里反复回荡着一个混响的声音：我就要去看大海。我就要去小平同志划出的那个叫特区的地方……

26年后，当他再度回忆当年的情形，无论如何也想象不到，自己会从对核燃料一无所知的少年进阶到核燃料操作与维修的专家，并以精湛的技能，在人生中年登上中央电视台的大舞台。当他手举“大国工匠”奖杯，闪光灯此起彼伏那一刻，他的命运便与国家血脉相连，跻身中国顶

2018年，乔素凯（右）在首届大国工匠年度人物颁奖典礼上

级工匠的第一方阵。

2019年3月1日晚，中央电视台综合频道直播的2018年“大国工匠年度人物”颁奖典礼上，组委会送给他的颁奖词这样说：4米长杆，26年，56000步的零失误令人惊叹！是责任是经验，其实更是他心里的安全大于天！乔素凯，你的守护，正如那池清水，平静蔚蓝。

这位叫乔素凯的小伙子，今生今世只做了一件事，跟核燃料打交道。

对绝大多数人来说，核电站无疑是一个既陌生又神秘的所在。核电站的动力之源是核燃料，与核燃料相关的工作，属于核电站的重中之重。从核电站厂区内的生产区进入控制区，必须经过五道磁卡门，在最深处的核反应堆厂房，有一个比篮球场小一些的水池，因为24小时循环过滤，水质特别纯净透彻，在光照下显出蓝幽幽的颜色，犹如青藏高原的海子，美艳且颇具神秘感。

十多米深的水下，依稀可辨的一个庞然大物，它就是反应堆堆芯，属于核电站的心脏。那里密布15排×15列的燃料组件，长度高达4米。整个堆芯共有157组燃料组件，圆形布列，每组燃料里等距排列264根锆合金包壳的核燃料棒，它的专业名叫核燃料组件。每根燃料棒直径

乔素凯在海边

9.5 毫米，浓度约 4% 的铀加工成燃料芯块后，便封装在里面。也就是说，一台核电机组的反应堆内，共有 41448 根燃料棒。它们最终被密封在一个直径 3 米至 4 米的反应堆压力容器里，作为冷却剂的水，在压力容器中吸收核裂变产生的热能，经过蒸发器的 U 型管传递给外侧的水，形成蒸汽推动汽轮机，将热能转化为机械能，带动发电机旋转，从而产生源源不断的电能，最后通过电网输送到四面八方。大亚湾核电站的反应堆采用压水式，每一组燃料组件中都有一束控制棒，以此来控制核裂变反应的强弱，确保运行平稳安全。

从外观看，核电站生产区紧挨着两座显眼建筑，圆形的是核反应堆厂房，矩形的是放置乏燃料的厂房。两处的硼酸水池下，有一条水下通道相连，堆芯换料的燃料组件经此传输。

每 18 个月，反应堆厂房里的核电机组要停堆大修换料，这是核电站最重要的时刻。堆芯换料期间，数十名换料工程师连续四班倒，昼夜兼程忙碌着。应电网发电规划要求，所有大修工作都有一定的时间限制。从开始到结束，正常换料大修工期 30 天左右，在确保安全质量的前提下，要有条不紊地按计划实施完成各项检修工作，让机组以良好的设备状态投入下一个燃料循环的安全稳定运行。

除了首炉全是新核燃料外，后续通过换料补充三分之一新燃料组件，其余用还有能量的旧料，新旧配插，强弱结合，平衡反应堆功率。这跟烧火是一个道理，全是新柴火势太猛，不利于控制。堆芯换料过程，先从反应堆堆芯卸出燃料组件到乏燃料水池格架，共 157 步；然后根据堆芯功率计算，重新进行装载计划并确定组件在堆芯的位置，在乏燃料水池内进行相关组件倒换，通常需要 130 步左右。最后是堆芯装料，按装料模式图排列好的新旧组件，在乏燃料厂房水池格架根据指定坐标吊装燃料组件，逐一传输到堆芯安装，也是 157 步。每一步的时间是 10 分钟。一个大修下来约为 400 多步，一步出错则谬以千里。

貌似重复的操作步骤，绝对不是简单重复，每一步都是全新开始。每次位置不一样，每次都伴随着风险，每次都有严格要求。由于燃料组件具有放射性，为了屏蔽辐射，燃料操作必须在 3.5 米以下高辐照的硼酸水中进行。组件娇贵易损，都得轻拿轻放。这样的情形，类似航天员在太空行走，每一个动作不但耗时，还必须精准到位。

56000 步燃料操作保持零失误、换料保持零差错，这是什么概念呀！乔素凯作为中国第一代核燃料师，他带领团队完成了中国大陆一半以上核电机组核燃料的装卸任务，创造了多个国际安全生产记录，这是国内的唯一。

2019 年 3 月的颁奖典礼现场，还特别设计了一个环节——匠心筑梦时刻，让 10 位入选的大国工匠在泥膜上摁下珍贵的手印。

这是一个可以彪炳中国工业历史的时刻，工匠价值观的内涵与外延被重新定义，使我们更加脚踏实地，更加实事求是。中国的大舞台上，手艺人登台了，我们的高端制造业第一次聚焦一线工匠双手，它不是艺人的纤纤玉手，也许粗糙皴裂还有疤痕，但都是一双双非比寻常的手，它们价值连城，创造了一个个人间奇迹。

无须超常智慧，无须过人灵巧，亦无须学富五车、知识宏富，唯求心怀热爱，持之以恒，物我两融，在悠悠时

乏燃料厂房水池检查现场

光加持下，手头技能便可臻抵极致。

从大舞台下来，乔素凯脱颖而出，就像史记故事《毛遂自荐》里被置于布袋的那把锥子，锥尖破囊而出，银光闪闪。他凭借精湛技能被举国瞩目，诸多荣誉纷至沓来。全国技术能手、中央企业劳动模范、中央企业优秀共产党员、中央企业百名杰出工匠、中华人民共和国成立70周年

换料培训水池一角

“功勋工匠”……

现在再回到那列南下的火车上。硬座车厢里彼此说笑声不停的这一群人，他们来自山西临汾电力技校。两位老师带着十几位刚被招聘录取的毕业生，欲前往深圳大亚湾核电站报到。此前，乔素凯与老师同学们围坐在一起打扑克，争上游的大好局面因为他几次出错牌，功亏一篑。结对的同伴一时情绪冲动，鄙视地说这道那。打个牌搞得像仇家似的，以后不加入他们玩牌就是了。在学校，乔素凯的数学本来就不强，算不过他们，再好的牌抓在手里也可能输。

看他一人坐在车厢另一侧座位上发呆，一位老师模样的人朝他递过来一张车卡，安抚道：“乔木头，你去前头我的卧铺休息一下吧。”

在临汾电力技校的三年，乔素凯质朴内秀，多才多艺，能写会画，还爱好摄影，学校的黑板报、校刊都少不了他，颇得老师们喜爱。因为反应不够机灵，表达能力也弱一点，老师们又爱又怜，给他取了个木头的小名。

乔素凯接过车卡，瓮声瓮气谢过老师。其实他对这类活动不太感兴趣，跟大家打扑克时已然心不在焉，这会儿也不存在生气不生气。走在卧铺车厢窄长的通道，车厢不时晃动，他下意识伸手撑了一下床架，整个人还是处在恍惚中，脑海里过电影一般，一会儿这个画面一会儿又那个场景地闪过，连续不停且多为片段。飘忽的思绪，让他无法集中神志去想某一件事。长这么大，他从来没去过山西之外的地方，最远的只去了省城太原，他渴望到外面的世界闯荡一番。第一次离开家乡，要去那么遥远的一个陌生地方，心里头激动、兴奋、期盼，几种情绪乱麻似的交织成一团，茫然无绪中却是一种满溢出来的快意，甜丝丝的。刚满 20 岁的少年有点把控不住这样纷乱的情绪。

荣誉墙

找到车卡上的位置，他脱掉凉鞋爬上中铺躺下来。昨晚在嘈杂硬座车厢歪头靠着，眯一会儿醒一会儿，其实身体非常想睡，翻来覆去偏偏难以进入梦乡。闭起双眼，脑海里仿佛有一群秋天的槐树叶，从树枝上坠落，被风裹着飘过来又荡过去，不知什么时候，漫天枯叶的黄色背景上，有一张黑白照片逐渐放大再放大，推成醒目特写。那可是他们家唯一的全家福。外人可能纳闷不解，照片上的姐姐当时两岁，他却已经四岁了……

第二章 播下自豪感的种子

1972年，乔素凯出生在山西省长治市黎城县南社村一个农村家庭，父亲是天津陆军某师炮兵团的副营职干部，专攻通信遥控。乔素凯一岁多时，父亲在一次武器革新试验中牺牲。从此，父亲一直活在母亲、爷爷、奶奶和乡亲的故事里，他诚恳厚道、乐于助人，村里的第一台高音喇叭，就是父亲买了零件回村组装的。

那张电脑合成的老照片上，父亲、母亲和姐姐在后面，乔素凯则在前方的中间。

没有一张完整的全家福，乔素凯的母亲一直心存遗憾。1976年，邻村一位在墨西哥使馆工作的远房亲戚回家探亲，说国外有技术能把两张照片的人合在一张里，乔妈抱着乔素凯去照相馆拍了照片，再把姐姐两岁时一家三口的合照交给亲戚，然后就有了这张全家福。这张照片属于乔素凯压箱底的“文物”。记忆里，这是他与父亲第一次在一起，英雄父亲是他的榜样和骄傲。

按常理，一岁多的年纪不应该对人或场景留下深刻印象，但有个场景，清晰定格在成年后乔素凯的大脑里：乐呵呵的父亲把他抱起来放到柜子上，自己仰头望着父亲，那是一尊高大英武的军人形象。父亲没带给乔素凯什么，但他为能有这样的父亲而骄傲。一直以来，父亲的人格悄然无声地陪伴他成长。上初中时，只要一穿上父亲留下的军装，他便感觉神采奕奕，走起路来都有劲儿。他悄悄发誓，今生今世一定要做一个像父亲那样的人。

父亲的战友来看望他们，也纷纷留下这样的话：“你们是烈士的后代，现在要好好学习，向你父亲看齐，长大后做对社会有用的人。”

“烈士军属”的牌子挂在他们家大门口墙上，这是全家的光荣，也是全村的荣誉。国家每个月发放的抚恤金，他从记事时起就经常听母亲念叨，这些让乔素凯打小便明白，长大后做事要对得起国家。

乔素凯动手能力特别强，酷爱做手工。还在上小学时，课间一帮同学围在一起敲一块鼓凸铜皮，这头儿敲那头儿翘。他挤进去看后嘟哝道，只顾正面敲，为啥不反面也敲敲？果然三两下便整平了，赶巧被班主任看到，当场表扬，你这脑筋用到了点子上。受到鼓励，凡事他总是琢磨，动脑筋想办法。六一儿童节办展览要交工艺品作业，

1994 年 3 月，乔素凯在大亚湾商运庆典现场

他在一张牛皮纸上，模仿画报图案画出熊猫轮廓，再用面糊把小米黑豆白面粘上，跟大家的都不一样。

初二那年，父亲留下的唯一奢侈品收音机不出声了，他全部拆开，根据课堂学的物理知识找出毛病，再依葫芦画瓢组装好，还额外做了一根天线埋在地下，收音机的声音居然比原先更清晰。

看他闷头闷脑组装，奶奶摇头自言自语，他爸爸也爱鼓捣，太像了。母亲、姐姐则在一旁用鼓励的眼神看他，对他竖大拇指。一次次被夸，他越发喜欢自己动手做一些事情了。

多年以后，初中物理老师这样评价他：不满足既定结论，总是想方设法找出事物间的联系。每次上物理实验课，别的同学搞懂就好了，他却尝试着用别的什么方法得出同样结果。

转眼到了初中毕业，乔素凯接到两张通知书，县一中和临汾电力技工学校。可别因为他嘴上木讷就小觑他，17 岁的少年已经超出了他那个年龄所具备的主见，他客观分析了自己的现状，语文好物理好，数学化学不行。高中再读三年，能不能考上大学没有把握。他有个玩伴儿早一年上技校，告诉他，临汾电力技校是电力系统名校，不收学费，有奖学金，还能学到一身本事。乔素凯毫无纠结选择了技校，就读起重专业。

临汾电力技校的从严治校在电力系统挺出名，不准留长发，统一着校服。早上6点10分起床出操，晨跑半小时回来洗漱吃饭上专业课，晚自习后10点熄灯，必须老实躺上床。三年的技校求学生涯，养成他一辈子做事较真严谨的态度，这对他日后成长裨益无穷。

在技校期间，他几近疯狂地爱上摄影。母亲每月给他50元生活费，一天一块钱伙食费，剩下20块留给生活日用品。衣裤鞋袜他不讲究，省吃俭用积攒到130块钱，他买了一台海鸥牌照相机，又到校门口的照相馆买散装柯达胶卷。除了拍风景，同学也找他照相。十几年后，当他与合作单位商讨研发水下摄像机功能时，什么聚焦，什么照度，什么像素，一套一套的，不知内情的人还以为他学过这个专业。

电力技校毕业生走俏，毕业那年春节后，提前一学期，乔素凯去漳泽电厂报到实习，因为字写得好，被安排在新成立的实业公司财务室。培训财务基础知识时，技校团委杨老师打来电话：乔木头，广东大亚湾核电站来招聘技术工人，学校准备选送优秀毕业生。你有啥想法？消息

憧憬大亚湾未来的乔素凯

突如其来，让毫无思想准备的乔素凯一时转不过弯来，他愣了好一阵儿，才回复杨老师让他考虑一下。

广东深圳，可是传说中改革开放的最前沿，都说是小平同志在那里划出一块神奇的地方，叫作特区。核电站是啥？应该算一个高科技企业吧？他找来地图，在广东省南部，他发现了深圳的位置。就在海边，哇，离香港好近哩。从南到北，快要穿过大半个中国了，这么远呀！我要

大亚湾核电基地一隅

去看看外面的世界，我要去闯荡一番，离家远算个啥。打定主意，第二天他拨通杨老师办公室的电话，斩钉截铁地说：杨老师，请帮我报个名。

对于乔素凯先斩后奏的决定，母亲、奶奶不很乐意，奶奶说媳妇，你看你养个儿子，一家伙跑那么远，当没儿子了。但他的姐姐是北京建筑工程学院的毕业生，见过大世面，她支持，好男儿就要出去闯荡，志在四方。母亲也知晓儿子的犟脾气，不舍但没辙。他都定了，你就是九头牛也拉不回来。

深圳市劳动局通知学校，这次招 14 个人，7 月份过来面试。改革开放前沿来人，校长指示不能给技校丢脸，要把这帮学生培养得更全面，由学生科老师亲自抓。14 个品学兼优的毕业生里，有电气、起重、汽轮机专业，两个月时间的培训，学焊接学钳工，增补一些相关知识。技校为他们开小灶，宿舍变成四人一间，作息时间还跟别的同学不一样。晨跑早操，他们另列一队，成为当年技校一景，饱受同学们羡慕的眼光。

乔素凯脸上虽说不显山不露水，但心头荡漾着一阵阵出人头地的快意，他庆幸自己的果断选择。自从穿上父亲的军装开始，荣耀感和自豪感就像埋在心里的一枚种子，

乔素凯当选 2019“感动山西”十大人物

在同学频频回头中渐渐苏醒萌芽。这种个人情感，乔素凯视若珍宝，在往后的人生旅途中，他继续浇灌汗水和心血，最终开枝散叶，长成一棵独木成林的大树。那是他谱写人生篇章的动力之源。

到了七月，槐树花开，大地香飘。深圳市劳动局来人了，过五关斩六将，技校 14 人面试、笔试全部过关录用。他们回去不久，技校便接到大亚湾核电站函件，某月某日之前报到。

技校老师领着他们到广州，跟大亚湾核电站派来的两位年轻人接上头，他们也是两年前刚入职核电站的员工。一群人去了火车站，虽然已预先办好特区边防证，但学生都没有身份证，坐不成火车，只得改乘大巴。当年的深圳特区正在大开发大建设，还没来得及形成高速公路和快速通道路网。核电站位处深圳狭长区域的最东端，那是渔村的乡下。

濒海丘陵纵切海岸线，这一路曲折颠簸，大巴时而盘旋上陡峭山岭，时而又落到山谷底。车行山顶，黄昏时分的天色下，但见海面雾霭迷蒙，灰白色调洋洋洒洒一直铺到天上。在没完没了的摇摇晃晃中，乔素凯的心情一如既往地兴奋，他开始有点梦醒的样子，现在好像可以收拢精神去想一件事情了。他忽然冒出一个念头，曾经坐过的一趟趟长途班车，从黎城去长治，再从长治去临汾到技校，也是如此这般，只是眼下除了绿色山头不时顶在脑门儿上，偶尔还能望到灰白一色的大海。摇摇晃晃要去的地方，在他此前印象里，总是充满美好。

这让他对未来的日子有了期许，有了憧憬。将要抵达的地方会成为第二故乡吗？

乔素凯为小学生讲解核电原理

第二章 那扇门为他敞开

在不停地摇摇晃晃中，乔素凯不知不觉睡了过去，等到大亚湾核电站时，夜幕已经降临。接待人员领他们去已经安排好的宿舍，他们进门一看，哇，还有彩电呢。

次日上午，他们去指定的01号楼报到，弯来拐去的路上，翻起来的土堆四处堆垒，地道是一个热火朝天的大工地。1992年夏天的大亚湾，时值核电站基建工程尾声，施工声、吆喝声此起彼伏，头戴安全帽的人来来往往，一派繁忙景象。乔素凯双眼如饥似渴地梭巡，俨然老饕面对一桌满汉全席。他感觉走对了路，一副跃跃欲试的样子，起重专业在工地上最能大显身手。

在人事部报到大厅，他们逐个报名。递给他们填写简历表的阿姨，看这帮人不仅穿着邋里邋遢，还有人脚下是拖鞋。她皱起眉头嘀咕了一句："都穿这样来报到，太不正规了。"

大家面面相觑，忐忑不安里，有人委屈辩解："这个没事先要求啊！"

会不会因为形象问题被退回？好在他们心里还有一道保险，大不了就再坐火车回去。离开技校时开欢送会，校领导给他们托了一个底：你们这些同学，本来是专门为山西电力系统培养的，特区来招人，我们必须有高姿态。如果谁去了不适应回来，学校还会为他安排工作。

出远门第一遭便得了个教训，打那以后，尽管穿的不是什么名牌，乔素凯都养成一个习惯，出门会考虑今天的穿着是不是合适得体。

乔素凯还在想七想八的时候，维修处的老处长上前问道："哪两个是临汾技校学起重的？好，跟我来，我把你们分下去。"

到了维修处的那层楼，老处长在前，乔素凯尾随其后。那是他做人的品性，到一个新单位，领导叫你，还不赶快屁颠颠跟紧了。

在标着现场服务科牌子的办公室门口，老处长停下脚步，因为姓名与人一时还对不上号，他转身朝身后的乔素凯一指，"你，到这里"。

随后，老处长带着另一位继续往里走，乔素凯的同学被分配到机械科。20 多年后，乔素凯认真想过这个人生坐标点，倘若自己当时不够紧张认真，磨蹭着慢一点点，那么，他往后的人生便是另外一回事了。冥冥中，似乎一切已然缘定，服务科的那扇门就是专门为他敞开的。此后，无论"中广核"集团的机构改革如何深化，什么专业化、标准化、集约化，什么现代扁平管理，乔素凯干的活儿始终跟核燃料打交道，所在部门的名称始终也没有脱离"服务"二字。

其实，乔素凯能够顺利入职大亚湾核电站，当年的一个时代背景不可或缺。中国早期的核电都从法国引进，技术上人家可以来支持你，但最终管理运营还得靠你自己。20 世纪 80 年代，在大亚湾核电站建设伊始，创业者们清醒地意识到，中国大陆的核电事业刚刚起步，为了能尽快掌握大型商用核电站的安全运行及管理技术，必须在工程

2006 年 1 月，乔素凯接受上岗证书

基建时同步建设一支核电站生产运行和管理队伍，培养一批运营核电站的高级管理、运行人才。核电站从全国各地的电力系统、核工业系统以及大学毕业生中挑选人才，进行技术和外语学习，再选送法国、英国专业培训。到了1990 年 11 月底，112 名管理和运行操纵人员全部学成归国。他们所用的培训费，每人 130 万法郎（按当时汇率折

合人民币约 195 万元），接近与他们同体重的黄金价值，被称为中国商用核电种子的“黄金人”。与此同时，核电站也从国内有基础的核工业系统招聘人才。然而，原来核系统培养的都是研究反应堆原理的工程师，缺少现场动手干活的技术工人。临汾技校的招聘考试，只是这场大幕拉开的全豹一斑。在这个时代节点上，有一位日后成果斐然的技校毕业生，懵懵懂懂踩上了它的节拍。

当年，大亚湾核电站的组织机构，维修处有现场服务科、机械科、电气科和仪表仪控科。现场服务科依照法国核电站机构编制模式，其中有一项便是负责核电站的燃料操作。乔素凯到现场服务科时，核燃料尚未进场，他在科室打杂当通信员，有人说什么你就去做什么。

那时的电脑还属于贵重办公用品，在技校时他已经对这东西十分好奇，只愁没机会上手。晚上，他经常到办公室，在那台 386 电脑上练习五笔打字，键盘敲得如鱼得水。很快，他便能上手把秘书的文件录入再打印出来。这之后，接送文件自然成了他的活计。

大亚湾核电站引进法国核岛和英国常规岛的技术装备，所有手册、操作程序、设备名称一概英文版。核电站培训中心晚上专门安排了英语课，每人还发了一本小册子，被他们戏称为核电三字经。就像乘法口诀一样，死记硬背的结果，让乔素凯迄今还能不假思索，张口就来，什么压缩空气叫 SAT、换料系统叫 PMC，什么通风系统是 DVK、除盐水分配系统是 SED，堆芯测量系统那叫 RIC……

三个月后，现场活儿多忙不过来，他又被派往起重班组当学徒。服务科嘛，就是为人为物服务，起重开行车、管道包保温棉、检修电缆盘、搭脚手架……反正别部门不涉及的都属于现场服务科。起重工作都是由承包商来干，全国各地电力企业的起重师傅会聚于此。乔素凯跟屁虫似的尾随师傅们打下手，跑前跑后取卸扣，搬抬工具，站在边上盯着吊起的物料有没有歪斜。师傅们停歇下来的时候，插空教他设备吊装的经验。一起干活的有四个起重师傅，乔素凯勤快好学，憨厚不多话嘴又甜，颇讨他们喜欢。这种师徒关系就像父兄，从技术到做人，师傅们潜移默化地塑造着乔素凯。

无论是在厂房还是户外，无论是吊几吨还是上百吨的物料，拴好吊带、卡紧卸扣后，他们总是反复检查，查看周全了才先起吊一点儿离地，再观察平不平晃不晃稳不稳。然后手一挥，上百吨的发电机转子一步到位。如此胆大心细的操作，让乔素凯佩服得五体投地。所有细节考虑

乔素凯参加技能竞赛

到位，保守决策，面面俱到，不留任何隐患，这就是物化的安全生产。

汽轮机厂房的桥式吊车，分有驾驶舱和无驾驶舱。无驾驶舱的，20 多米长的电缆从上面拖下来，抱着按钮盒线控操作。有时电缆被什么东西缠住，拖不过来，只见师傅手臂一抖，电缆在空中划过一道弧，妥妥落在面前，而后继续操作。这个动作好帅呀，干活犹如艺术表演。乔素凯看得如痴如醉，沉浸在一种劳动的欢愉之中。

技校学的多为理论知识，真正上手干，才发现要学的东西太多。乔素凯什么都想学会学好，经常到了下班点，他还在练习吊水泥桶，一个跟钩稳钩动作，他反复练了好几个月才有点手感，找到精准度的基本规律。季节进入夏天，厂房温度奇高，感觉风扇吹出来的风都冒着烟。往往 10 分钟不到，人已汗流浃背，像是从水里刚捞出来。

有一天，淮南来的姚师傅看他又磨蹭着不走，笑着拍了拍他的肩膀说："小乔呀，今天我们做了包子，跟我来吧，吃完师傅给你当陪练。"

山西人嘛，就馋那一口面食。那一顿，乔素凯吃得好开心。

至今，乔素凯记忆里还有一幅场景历历在目。那天，姚师傅几个人带上他，开汽车吊去堆放设备的户外堆场区清理铁管。待一切就绪，姚师傅检查一遍乔素凯绑好的固定铁管，拉他退到身旁，吹响哨子，手臂一挥，慢慢起吊。刚吊到半空，瓢泼大雨转瞬即至。姚师傅无法停下工作，冲他嚷："小乔，还不快去边上躲躲。"转身泰然自若继续指挥。乔素凯知道此刻自己也起不了啥作用，就想在这种时候跟师傅站一起，陪着他。

姚师傅看明白了他的心思，挺动情。为了补偿他的一片善心，专门给他"吃小灶"，教他各种指挥的标准手势，什么是慢慢起吊，什么是快速往上升，哨子怎么吹，旗怎么摇。还特别告诫他，无论什么手势，一定要找一个操作的人能看到的角度，一旦看不到立马停下。

在起重班组近两年的学徒期间，乔素凯学到了海量基本技能，通过一关关考试，取得了行车证、叉车证、电瓶车证等证件，唯独遗憾是没机会拿到汽车吊的证。手头有了证便有资格坐在驾驶舱里单独操作了，师傅们指挥他吊几十吨重的发电机转子，前进后退钩升降落，那一个爽。核电站所有厂房里的吊车，他全部摸了个遍。

当时，反应堆厂房的设备安装业务由法国法玛通公司执行，有个块头高大的老外技术很牛，不仅行车开得溜，

换料机操作现场

还能检修故障。那天，乔素凯到反应堆厂房开环吊，吊运反应堆的各种构件，一通操作下来，动作毫无拖泥带水，每次都精准到位。老外盯他看了许久，发现这个中国小伙子技术娴熟，沉稳练达，以为他也是别的什么工厂临时来支援的。休息的时候，突然用英语问：“愿不愿意到我们公司？"

乔素凯凭着三脚猫的英语水平，能半听半猜到他的意思，想了一会儿才磕磕巴巴回话："我是核电站的正式员工。"

老外耸耸肩扬扬眉，笑着又说："跟我干，更能体现个人价值。"

乔素凯年轻时的工作照

最后他还是委婉谢绝了。尽管乔素凯之前听人议论，法玛通公司给中国雇员发的薪水都是港币，那东西在特区时髦呀，能买到人民币买不到的东西。但他的意识里，作为核电站的一名正式员工，就是自豪、荣耀。

那些日子虽然身体苦累，但内心洋溢着幸福和喜悦，常常有一种恍惚里做美梦的感觉。冬天的一个周末，他约同学去市区游玩。两人到东门小商品市场逛一圈，来回走了 8 个小时。改革开放的前沿，完全跟北方不是一种景象，讲的粤语听不懂，像到了异国他乡，很是新奇。当年核电站的工作服是全套水洗牛仔服，颇为新潮，脚下再套上一双铁头劳保鞋，自信心飙升，感觉特好。乔素凯心里的自豪感，俨然大街两旁的木棉树，红艳艳地开满了枝头。

悟安全练手感长自信，乔素凯日渐长进的技能与大亚湾核电站一道成长，犹如好钢淬炼出来的一柄宝剑，在一流的磨刀石上开刃，时机到了，凭什么不能剑光四射？我们期待着利剑出鞘的那一天。

第四章 遇上人生规划师

一直以来，乔素凯庆幸自己选准了路进对了门，一路走来总有贵人助力。现在，影响他一生事业最重要的一位人物准备登场了。

大亚湾核电站建立了师带徒的制度，通过传帮带，让专业技术、工作态度和精神品格一代代赓续。当年，“黄金人”培训的主要是运行、管理人员，其后又从国内名牌学校选拔毕业生，作为核燃料系统的后备人才。乔素凯的师父黄家权，毕业时先去培训了一年核电基础知识，然后又被送往法国学核燃料操作，学成后便为大家培训操作技能。核燃料进场了怎么办？新燃料组件如何接收？换料机如何翻转？让乔素凯刻骨铭心的是，师父反复强调的六个字：核燃料无小事。字少但分量极重。有起重班组的经历打底，乔素凯对此的理解特别透彻。

大亚湾核电站是第一座全盘引进西方发达国家技术、设备、人才的商用核电站，厂房里的按键电话、控制区地面油漆、无氯胶带、劳保鞋，甚至到电线、水泥、沙子、防波堤扭矩块……用的东西从头到尾一概进口。中国大陆的商用核电站刚开始“咿呀学语”，缺乏现场经验，一切听从老外指挥。用着人家的工具和设备，跟着老外学跟着老外干。黄家权他们是中坚力量，乔素凯只能当学徒，跑腿打杂，听号令递扳手。

堆芯装料时，黄家权作为换料操作手，操控行车上控制台的换料机。在反应堆水池边，乔素凯做着最简单的活儿，听指令按倾翻机按钮。竖起来绿灯亮，说明状态垂直。换料机便靠上来抓取燃料组件。水池边与控制台有近两米高差，乔素凯仰头望去，师父像阅兵台上的将军，一招一式，动作好帅！啥时候我也能像师父那样啊！

核燃料水下精准操作没有捷径，乔素凯全身心投入技

2003 年，公司团委“大修优秀青年工作负责人”领奖现场

能训练中，开始日复一日的严格练习。第一代换料机全靠各种按钮手动操作，他凭着操作行车练就的手感，自信沉稳。在大修换料现场，他全神贯注参与师父的实操培训和技术讨论，虚心请教，像海绵一样吸收着各种知识。非大修换料期间，他又踊跃参加核电站和集团的各种技能竞赛。时光流转，乔素凯手上的功夫日渐娴熟，慢慢成为燃

料操作的骨干力量。

1993年大亚湾核电站首次接收新燃料组件时发生的一件事，让乔素凯迄今受益匪浅。

那是在燃料厂房的接料吊装区，法国接料主管指挥他们吊新燃料容器，放到14米标高的开箱间后，拧开螺栓，把容器盖吊到一侧地面，接下来拆掉容器盖卸扣，把暂时不用的吊具移到厂房另一个楼层暂时存放。接完容器里的燃料组件后，将吊具移下来，在容器盖上卡好卸扣，吊到容器上安装一体，然后吊回集装箱，再拎下一个容器过来。当大家又一次准备拆掉连接容器盖的卸扣时，法国主管忽然叫停，他左右转着，看西洋景似的打量墙边，半弧形的深蓝色容器盖像底座，弧顶处坐着亮黄色吊具，在白墙衬托下，稳稳当当的，颇有行为艺术的范儿。只听他嘴里喃喃自语着："放这里？不占空间，安全可靠，还少了一道工序。"思前想后好一会儿，他把吊离吊具的事撇一边，转而指挥大家直接进行下一步接料工序。其后的操作因为省去这个累赘环节，效率提高了三分之一。

法国的规定，也许因为开箱间空间局促逼仄，也许是为了安全稳妥。这个法国主管经验丰富，他没有循规蹈矩，现场删掉这个一直在执行的程序。

乔素凯将此看在眼里记在心头，当下暗忖：操作程序也不是一成不变的，现场干活必须多动脑子，只要安全可靠，操作环节也可以进行合理优化。

乔素凯对经验反馈特别敏感，现场操作时，有人觉得某道程序太烦琐耗时，说能不能试一下别的方法。他眼里容不下沙子，不吐不快，“停停停，活儿不这么干！你要改变必须先验证过。”

当时黄家权也在现场，干燃料就是这么保守。徒弟做事向来规规矩矩，有板有眼，办事让人放心。他看在眼里喜在心头，是块干核燃料的好坯子。他想起前次技术总结会上，乔素凯吐过心声，咱们要做毫无差错的技术能手。当时他没太在意，现在回想起来，徒弟是对的。做到九十九点九都不成，核安全必须是毫无差错，要恪守零失误的底线。

操作核燃料有个特点，大修换料基本在过年过节，这个时段工矿企业停工放假，电力需求下降。至于总是在大年三十晚上干活，那是核燃料太重要了，大修期间，与之联动的冷却系统、监测系统等，都不安排检修，保持正常运行，万一燃料操作过程中有什么需要，随时可以紧急启用。这样安排最科学，牵扯的人最少。如此一来，形成一个无法改变的铁律，别人不干他们干，别人可以回家吃团圆饭，只有操作核燃料的人在通宵达旦倒班干活。

黄家权在科长、处长任上时，他们那一批管理干部总是在这方面煞费苦心。几个人守在办公室，等上完夜班的员工换班出来，便陪他们吃顿年夜饭，谈谈心喝点酒，借机让他们发发牢骚，释放一下心理压力。

有一年吃完年夜饭，乔素凯拉着黄家权走在最后面，

乔素凯参加青年员工座谈会

他有话对师父讲。

当时，因为维修这一块的人成长比较快，手上功夫不错，机电语言也懂。那段时间班子开了几次会，准备搞融合，岗位互换，一专多能。等大修换料时，让他们来当换料主管。

"师父，那个事不行，恐怕还要考虑。"乔素凯急切道。

"你说说为什么？"

"搞维修的人熟悉设备，懂得原理，但有时设备在出现故障后，他们决策有点快，不够保守。我都听到有人说，没事的，就这么干，机器有问题我来负责。人对熟悉的东西缺乏敬畏，现场就会认为操作程序太烦琐。"

"那你有什么想法？"

乔素凯搓着双手，低头憨憨道："反正，反正我就觉得要一步一步来。"

黄家权看了一眼徒弟，边走边陷入沉思。现场情况自己不一定都能看到、知道，徒弟显然有感而发。他们俩做事风格比较像，有自律性，学习能力都比较强。好像也没专门教过他什么，但他善于观察，会跟着你的样子学，有些东西是他自己琢磨出来的。因为他懂得燃料操作逻辑，认为这样可能存在风险。常言道，不在其位不谋其政。他就敢给领导纠偏。黄家权欣赏徒弟的一根筋，无遮无拦，但凡认为对工作有益，他都会直言不讳。此前，科里也有反应灵活、想法很多的人，被他安排去做数据库，发挥专长优化系统。核燃料无小事，不能满脑子奇思妙想，一定要踩在前人肩膀上一步步往上走，反之可能出大事。

时间到了 1997 年，乔素凯从临汾电力技校一起来的一位同学，很快转行到核电站人事科做人力资源管理工作。

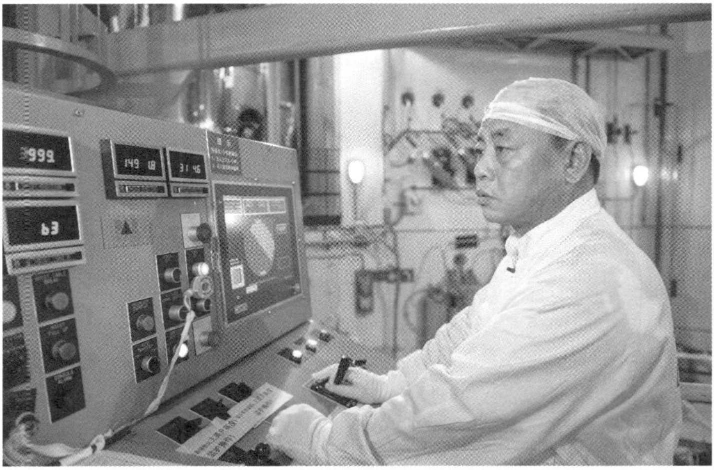

乔素凯操作换料机

那时人事科缺人手，同学就推荐了他。乔素凯字写得不错，整理材料也有一套。坐办公室给大家发补贴，高人一等，别人看你的眼神都不一样。这样的诱惑，让年轻的乔素凯动心了。

他马上去办公室找黄家权，吞吞吐吐地说：“师父，这么干下去，也不知将来会怎么发展。现在正好有个机会，

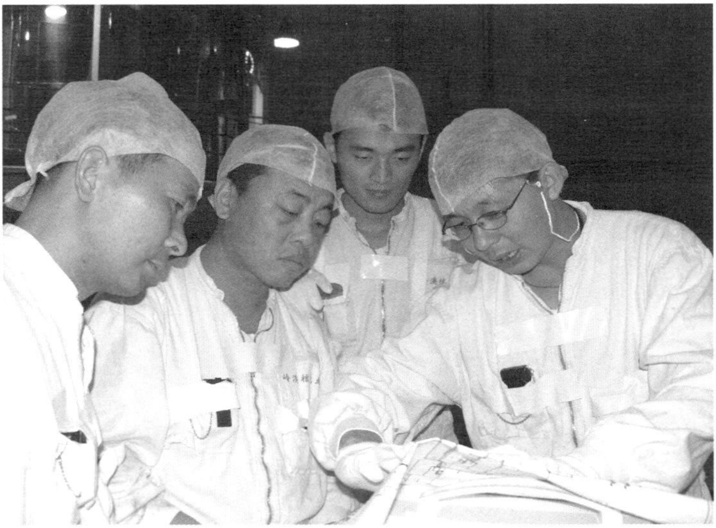

换料现场技术讨论（右一为黄家权，右三为乔素凯）

我同学也说了愿意推荐。换个部门去搞人事，会不会更好一些？”

黄家权知道徒弟有写写画画的爱好，那也是他喜欢的工作。沏茶时就在想怎么对徒弟开口。黄家权把茶杯放在徒弟面前，看徒弟低头喝茶，这才不紧不慢分析起来：

“去职能部门呢，第一，要善于协调各方面关系，善于表达，灵活变通，各种场合讲话还要有分寸感，人事工作经常是没有时间概念的，有什么临时任务随时要加班，随时要去处理。那里不太适合你这种性格单一的人，你说话直做事耿，很容易适得其反。第二呢，人有弱项也会有强项。以我的眼光看，目前在燃料操作方面，你就踏踏实实钻研技术，前途无量。现在，你干这一行时间还不长，以后发展空间会越来越开阔。”

那段时间里，乔素凯的人生方向有点飘忽不定，黄家权这一通话虽然没有彻底解开他的心结。俗话说一日为师终身为父，况且师父的人品、技术都非常出众，动手能力强，故障分析快，大家都服他认他。师父说的话自有他的道理，乔素凯便把这件事暂时搁到一边。

后来，乔素凯当上了换料主管，班组也管理得井井有条。他承认自己理论水平不高，但不傻，有点子也有思路，而且善于总结。有一段时间，思想又起波动，师父已经当处长了，科长位置的人选暂时空缺。都说不想当将军的士兵不是好士兵，我是不是也可以去提升一下发展一下。

他的情绪变化写在脸上，黄家权心知肚明，找到一个机会把乔素凯叫到办公室，递给他一份文件，说："集团人事方面准备走两条线，技师等级出来了。你只要手里有技术，走遍天下也不愁。我都有点心动哩。"

黄家权眯眯笑着，看乔素凯从文件里抬起头，又语气果断道："我看准了，干燃料必须细致入微，对人的素质要求也非常严格，走行政这条路会毁掉一个人才。从今往后，你就朝高级技师那条线发展，我相信道路非常畅通。"

既然师父一再说搞行政不适合自己，乔素凯也领悟到他的一片良苦用心，况且已经有了别的路径能够证明自己的价值。打那以后，乔素凯就不想那么多了，安心坚守燃料操作一线，在新燃料接收、大修堆芯换料、燃料组件检测与修复、乏燃料后运领域深耕，按照师父给自己规划好的大道埋头前行。

获得"大国工匠年度人物"殊荣时，乔素凯再回想师父当年的话语，心里涌出无限感喟。师父呀，你就是我人生的规划师。

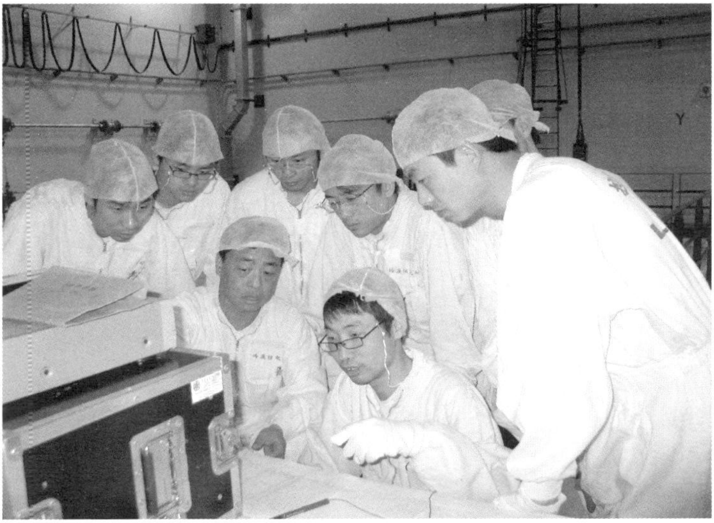

换料现场培训（前排左一为乔素凯）

时隔多年，黄家权谈起徒弟依然满脸欣慰：“从平常工作就能看出，他不一定很灵活，可干起活儿来全情投入，人也实在专一，特别喜欢钻研技术。这个特征非常明显。一般人大凡一件事干久了都会感到枯燥，他在这方面让我刮目相看。”

第五章 管束人的行为

早期的大修换料操作，入职的新人只能在老人的传说里，偶尔知晓一点大致的皮毛。因为每操作一步都要签一次移动单，传来递去的，耗时且烦琐。时间一长，安全之弦就不可能自始至终绷得那么紧。

大修换料时，反应堆厂房与乏燃料厂房同步进行，彼此见不到人。最早两个厂房之间的沟通，用的是从法国引进的声力电话，通话前手摇发电产生响声，受话方马上听到铃声。这种专用电话万无一失，一者预防遇紧急情况下有线电话占线，二者在失电时，靠手摇依然可以正常通话。一般是这样，乏燃料厂房说：燃料组件 YQ00H1 传到燃料反应堆厂房；对方接后复述，YQ00H1 传到反应堆厂房。后来，有人觉得不会有事，这边呜呜摇两下，那边听到也呜呜摇两下回应，免去了直接对话交流。

在乏燃料厂房进行相关组件倒棒，工况比较复杂，乔素凯特别留意这一块，接班时都会亲自核实一遍前一班的操作结果，再着手接下来的工作。

这里说的相关组件倒棒是这样，把堆芯所有燃料组件卸到乏燃料厂房水池，上一个循环的组件有些配置控制棒，下一个循环不配了，或换阻力塞什么的其他棒。所有操作都是依据集团研究院堆芯装载评价报告，在水池里重新配插。装料前通过水下摄像机，按移动单坐标依次找到要入堆的组件，核查这个配有控制棒的组件号码是否正确，没问题了，才能传输到反应堆厂房。这就好比看电影，观众从四面八方来，进了电影院各自对号入座。

……

听说的看到的亲历过的这些不好苗头，乔素凯看在眼里忧在心头。一种环境、一个工种干的时间长了，一步又一步貌似重复的操作，意识上会疲劳松懈。尽管一道道防

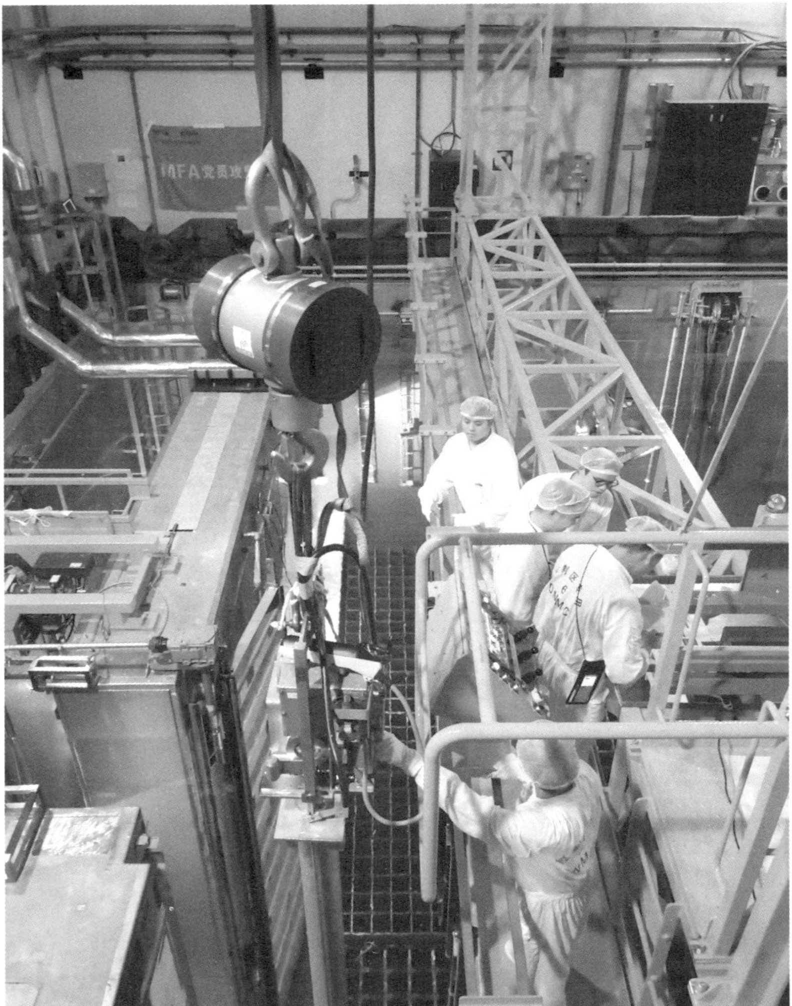

换料大修相关组件倒换现场

线像筛子，滤出的这些小事情被逐一纠正，但是，即便你排雷功夫了得，也经不起天天布雷呀！万一哪天出现一条漏网之鱼，小事酿成大事。

加强核安全是一个持续过程，一定要从源头上铲除危机生成的土壤。

日历翻到2003年，乔素凯已经是换料主管了，职责相当于一线班组长。想方设法纠正工作中发现的问题，他义不容辞，有这个责任。

黄家权被提拔为科长后，乔素凯在一线跟师父一道干活的机会越来越少，没有大修换料的日子，只要手头的事忙完，他就喜欢往黄家权的办公室钻，找机会聊上几句，汇报一下近期工作，或讨教技术方法什么的。他俩交流一向默契，经常心有灵犀一点通，时不时还能碰撞出好点子好思路。

有一次，喝着茶聊开了，乔素凯忧心忡忡道："咱们不能再这么干了。手上功夫好不好是一回事，只要是人都可能犯错，得想办法把人管住，手也好脑袋也罢，要做一个毫无差错的技术能手。再这么干下去风险太高，小错不纠正，日积月累，闹不清楚啥时候出大事。"

只要谈及有关核燃料方面的话题，乔素凯话语明显比平常多，感觉“木头”跟他也没什么关系。

黄家权听罢他的一番话，心里感到欣慰。自己作为大修换料的领头人，唯恐出事，安全观念的弦一向绷得很紧。随着岭澳一期两台机组投产，核燃料操作人员行为的不规范，越来越引起服务科领导班子的关注，除了设备可靠性和稳定性，人是守护核安全的另一个主要因素。特别是大修换料，24 小时不间断操作，两个厂房又彼此不能面对面，如何确保操作人员注意力集中不走神？两个厂房的信息如何沟通？他也了解到一线各种不规范操作的苗头，核电讲究按程序办事，一切有规章可循，杜绝个人的加减法。小细节不纠正可能衍生大问题，班子正寻思着如何去解决这些毛病。徒弟现在已经是换料主管了，他能根据自己掌握到的具体情况，主动去思考一些全局性问题。但现场想通过一个人来管控风险很难，他知道仅仅自己干好不行，还要让一整个团队干好。燃料操作无小事，每个人都应该是一道安全屏障，大家应该互相照应，彼此监督。

“那你有什么想法？”

在黄家权期许、鼓励的目光里，乔素凯继续说道：“我听说运行那边有些措施，这方面做得不错。”

黄家权接话道：“这个想法挺好，也很及时，你再去了解了解，回来结合我们的现场情况，一起琢磨琢磨，看看我们能做些什么。”

每次干活前，乔素凯都要到核电站运行部门取工作票，等待的时间里，隔着大玻璃，他会留意主控室里面的情况。经常看到背对他的人按一个按钮，就转头对旁边站着的人动嘴说着什么，那人回复后又用笔在文件夹上写。核电站核安全文化宣传栏，他每期都看，推测这就叫监护式操作。

他有个熟人，大学毕业后在燃料服务科实习，后来分

乔素凯在接收新燃料现场

配到运行部门。乔素凯找他询问到很多情况，他们的上岗考试也有行为规范这个科目，便找到他看了看核安全局颁发的运行人员执照，详细了解考证、取证等发证流程，他也想仿照这个样子给换料人员发上岗证。

很快，乔素凯把从运行部门了解到的情况向黄家权作了汇报。他们的措施主要针对人，就是你怎么去做才不会犯错。执行时有很多具体办法，如要关开某个阀门，操作

实习换料主管（中为乔素凯）

时旁边一定还有一个监护人。操作员嘴里说，002VB，打开；监护员马上重复，好，002VB，打开。现在关闭阀门，OK 现在关闭阀门。现在往左，现在往左……这就是他们的监护式操作，自检和互检同步进行，确保每一个动作准确无误。

这种情形，就像多年以后我们知道的那样，高铁司机一人在驾驶室，总是在自言自语，现在启动，前进速度150……

道理显而易见，假如一个人出错概率是 50%，再加入一个人就可能会降低 50%。虽然换料机已经实现自动化，但关键工序还要靠人去控制，施行监护式操作最为稳妥安全。

在黄家权的协调下，请到运行部门一位“黄金人”来给大家授课。核电站运行的行为规范是按国际通用要求执行，他详细解释了什么是三段式沟通，什么是监护制，为什么要依照规定严格执行，等等。

“黄金人”讲课后，参考、借鉴运行部门的行为规范，分析历年来核燃料操作出现过的案例，乔素凯慢慢梳理出一个思路，找师父讨论推敲，再琢磨出一套换料人员行为规范的管理办法。根据已经发生过的问题，总结归类，他们确定了以下几个方面：移动单的确认，三段式沟通的指令，换料机“自动运行”的操作确认，组件堆芯内偏移时的唱票，卸料、装料时电话的交流，交接班时的交接……

之后，黄家权提议有几个地方出错概率比较小，可以考虑换另外一种方式，譬如先向主管汇报再执行操作。如果每个步骤都烦琐确认，就没有效率了。一定要提炼出关键步骤，出错将产生很大后果的方面，即便耽误时间都必须紧紧卡住。

按讨论确定的内容，他让徒弟写出一个文稿。

乔素凯离开前，黄家权又特别叮嘱：“我认为，不仅要有正向教育，还必须有反面教材作支撑。就是为什么这么做？不这么做后果是什么？每一条规范后面都附上一个需要纠正的案例，这样会更直观更有说服力，更触及灵魂，最终达到防微杜渐的目的。”

乔素凯动作很快，加班加点把初稿拟出来，黄家权看完，沉思良久，翻开文稿指着一处说：“这个监护制，再琢磨一下归到哪一项比较合适？还有，换料机两个人，光口述不行，监护员眼睛还要盯着操作员的手，向前操作杆就往前推，不能往后拉；上升是上升的按钮，下降是下降的按钮。操作时间久了，有时大脑会失窍，不一定指挥手

新燃料进入换料水池

脚同步。"

经过他们两人对文稿的多次推敲修改，2004 年 6 月，第一版《换料人员操作行为规范》出炉了，所有燃料操作时相关人员的行为规范都包括在里面，成为现场执行的一个准则。堆芯卸一步料、装一步料，每一步都有第三方监护，除了操作员和监护员，主管再进行确认。一条条行为规范组成一道道安全防线，任何一个环节出现问题，立

乔素凯在核燃料研讨会上发言

马能被制止和纠正。如果大家都严格执行流程，想犯错都难。

黄家权为此写了序言，他深有感触地写道：燃料无小事，操作中的一些现象如果不加以约束，将会导致严重后果。我们要敬畏核安全，重视自己的行为规范，从细节做起，做毫无差错的技术能手。

随后，换料人员培训授权上岗体系也建立起来。授权三年，到期经过复训，考试合格再发给授权上岗证书。它与操作行为规范相辅相成，共同筑就一座核安全大坝。

这个文本与时俱进，一旦现场发现某个参数不准，或者跟现场情况不符，马上修正优化；如果设备更新或增加新项目，跟着就有升级版，永远是最新的换料人员行为规范准则。如今，已经修订到第 14 版，明显厚了三倍，越来越精准，并被列入操作程序，常抓不懈，发展成为具有核电特色的核安全文化、基层班组文化的一部分，成为核燃料服务部的制胜法宝。从第一版《换料人员操作行为规范》发展到现在，关键步骤操作严格执行程序，依规循矩，确保了这么多年来，他们的换料团队在连续 210 次核电机组大修中，保持 12 万步核燃料操作零失误的骄人纪录。

第六章 安全的涟漪漾到多远

九月的台风，犹如一头失控的巨兽，张牙舞爪地咆哮几天后，收起雨帘走了。

这天中午，大家吃完午饭陆续回到办公室，一个徒弟对乔素凯说："师父，这次台风好生猛，听说附近那条海湾小路都被毁了。"

乔素凯也得知此事，本来就有找时间去看看的念头，立刻说道："现在就去。我的车胎爆了，开你的。"

几个有兴趣的徒弟也挤上车，大家往半岛深处的方向驶去。一路上，台风肆虐的现场还没完全收拾清楚，满目狼藉。柏油路面尽是鲜翠落叶，路两边的大树，有的被连根拔起，轰然仆地；有的被拦腰折断，露出白瘆瘆的树心。

猝然间，坐在副驾的乔素凯低喝一声，“怎么在实线变道？虽然这里没有监控探头，前后也没有来车。但要养成良好习惯，就怕万一。”

其他三个徒弟在后排相视窃笑。只要师父在车上，他们驾驶从不越雷池半步，向来看路面标线和路牌提示行驶。人家开车十几年就没接过交通违法罚单，停车区没位置，停到再远也不违停，而且停车板板正正，决不会撅个屁股什么的。下来要是看没停到位，上车点火再来一把。哪怕自己不方便，也不妨碍别人。反正师父就有这种强迫症。

徒弟忙不迭解释：“刚才路边有一块小滚石。”

乔素凯没接茬。“注意，这一段时速超过40要扣分。不仅扣你的分，还要扣部门的分。”他转而调侃道，“核电人就是要养成守规矩的习惯，交通管制的这个‘株连九族’好啊，逼得我们大家成为你的监护人。是不是？”

后排徒弟原本还等着师父不厌其烦唠叨半天的。今天

乔素凯在进行燃料检查

不但不按常规出牌，还搞笑，都颇为诧异。他们哪里晓得，乔素凯最近一再提醒自己，遇事不要直通通的，老是板起一副说教冷面孔，有些事点到就好。

在海湾公路起点处停好车，大家走了几十米，前方俨然经过一番鏖战的惨烈战场，疮痍遍地。20公分厚的水泥路面裂成不规则板块，或陷塌或耸起。惊涛骇浪摧毁了路堤，从下面冲出的大小基石铺满海滩，石块间粘着左一摊右一团的墨绿海藻。台风后的天空云起云飞，云朵红的黄的紫的灰的，宛如春天花园一样绚丽斑斓，变幻着各种形象，煞是养眼。几个人纷纷拍照发朋友圈。

乔素凯看着眼前惨状，被台风的威力深深震撼。拍着毁坏路面的视频，他心里纠缠一个问题，如果当初在路堤外再覆盖一层混凝土扭矩块，吸收海浪能量，这条路完全可以“大难不死”。以此类比，核燃料操作的安全边界在哪里？他的脑海浮现出一幅画面，水面是一圈圈荡漾开去的涟漪。波纹的大小和远近，取决于投入石块的大小。再往深处想去，如果碰上海床高强度地震，那就是几千公里外的海啸了。

回到办公室楼下，徒弟们要了师父的车钥匙，准备帮他换轮胎。乔素凯上楼处理好一件事再下来时，几个徒弟正用千斤顶把车顶起来，他蹲下歪头一看，大叫：“停！快停！！”

徒弟正欲问师父怎么了，他拉长脸吼道：“你们有没有换过胎？第一次吗！这么粗心怎么胜任换料工作！”

有人这才发现，千斤顶顶错了位置。万一打滑撑不住，倒下来压到的就是蹲在这一侧的他们。突遇这样的事，乔素凯又忘了此前对自己的叮咛，无法心平气和了。他很想学师父的样，可总是做不到。

当场，徒弟们一脸自讨没趣的尴尬，但大家都没往心里去。师父这样又不是第一次，他就是刀子嘴豆腐心，何况今天还触到了他的安全红线。

过了一会儿，乔素凯面露内疚之色，脸上转而雨过天晴："好了，就这样。现在也差不多到上班时间了。"

这个意外出现的事，让乔素凯接着思考海边的事，燃料操作的安全涟漪应该尽可能一层层地向外荡漾。在控制区面对核燃料时，大家都会绷紧安全的神经，其他工作或生活中呢？为啥不走人行道？为啥走路要看手机？为啥接电话时不停在路边？职业烙印嵌在骨髓里，工作和生活难以泾渭分明，好像川戏变脸那样，同时拥有多套面孔。对工作严谨较真的人，生活中可能随意吗？一个性格随意的人，这也可以那也可以，怎么胜任严谨的核燃料工作呢。今后该说还得说，给大家塑个形定个性。即便有点强迫症，也要时刻绷紧核安全这根弦，树立牢固的个人安全习惯。集团严慎细实的核心价值观，就是为了让每一步操作都是对的，这要学习很多知识，积累很多事件储备，总结得失并加以改进。

正所谓近墨者黑近朱者赤。在乔素凯的耳濡目染下，大家都把核电思维的涟漪扩展到了日常生活的方方面面。

新燃料接收现场

家里插座不用就拔下，常备安全绳、灭火毯、急救包，车里的灭火器过期马上更换。小孩上车坐安全座椅，开始不愿意，哭闹也得安全带绑着。一切防患于未然，从源头根除哪怕百分之零点一的隐患。自我培养小朋友的安全观念，碰到火灾如何防身，遇地震怎么对应……

在集团党代会上，作为一名党员代表，乔素凯也发出

乔素凯在研究组件内部结构

肺腑之言：作为核燃料操作者，我一定竭尽所能守护核安全。

从做起重工作时起，乔素凯便开始培植自己的安全生产之树，如今已根深蒂固，在意识里长成一棵枝繁叶茂的大树。如果说原先只是一种概念，现在则是日积月累的经验，可感可触。

他始终保持着对燃料操作的敬畏之心，到了下班时间，大家都离开了，他总感觉还有啥事没做完，会再倒回厂房转一圈，巡查开关都关好了没有，行车、吊车是否停到位。除了技术方面的大事，他常常盯着大家不太在意的小节，那些最容易被忽略的地方。怕出问题，不敢出问题。往往大家干得很顺、很自信的时候，注意力一不集中，轻视思想便开始冒出头。

乔素凯的徒弟讲过一个细节，修复燃料组件时，会在水池边铺上红布，摆放下水使用过的沾污工具。师父会关注红布铺了一层还是两层。不锈钢工具都比较笨重，搬来移去的，很容易把红布刮破，铺两层才稳妥。

“师父没专门给我们上课，常在这些容易被忽略的细节上斤斤计较，让大家印象深刻。然后现场操作，我们也会格外注意这些方面，并传递给更多的人。”

谈及这些方面，现任核燃料服务部的蒋经理回忆起他入职不久的一件事——

在乏燃料厂房，我第一次爬上七八米高的行车顶，去上面的电器柜做操作前检查，下来时忘了回盖入口盖板。乔工自己爬上去盖好，下来当着大家的面劈头盖脸就是一顿批评，什么燃料无小事，什么严慎细实，上纲上线。我委屈地辩解，我最后一个下来，后面没人。如果还有人，肯定会盖好。乔师傅针锋相对，继续严厉地说，今天没人不代表以后没人，如果是你自己踩空，掉下来会是啥情况？我对这种教育不太服气，吹毛求疵，分明后面没人。人都有自尊心，特别还是刚来的大学生，他当场把我说哭了。后来等自己经历过一些事，才有了触及灵魂的体会。现在回想起来，我以为老同志对新员工毫不留情的批评，那叫严管厚爱。我不管你，是对你的不负责，同时也提醒你今后不出问题。到部门管生产才知道，容易出重大人身伤害的多是这些方面，要么没有实体护栏，要么入口盖一块塑料扣板。突发事故，通常都不会给你预兆，我们所做的事好像多此一举，外人感觉特别夸张，其实就是强制你养成良好的安全习惯，杜绝侥幸苗头的土壤。

乔素凯把严管厚爱这一对看似相悖的矛盾处理得非常

熨帖，对此徒弟华先锋感触颇深。刚入职时，现场进入抽棒工序，师父让他出去，说你去控制门那里守住，不要让别人进来。当时他听了一头雾水，一道道有特殊门卡的安全闸，怕谁进来呀？是不是师父有什么独门秘籍？没到一定时候，传授过程不想让新来的人在场。后来他才知道，他去的那个地方是控制区内燃料厂房和其他厂房的分界线，处于负压状态，若发生意外，相对安全。对这样的事大家都习以为常，等他从新员工变成老员工，当上换

乔素凯在燃料组件修复现场

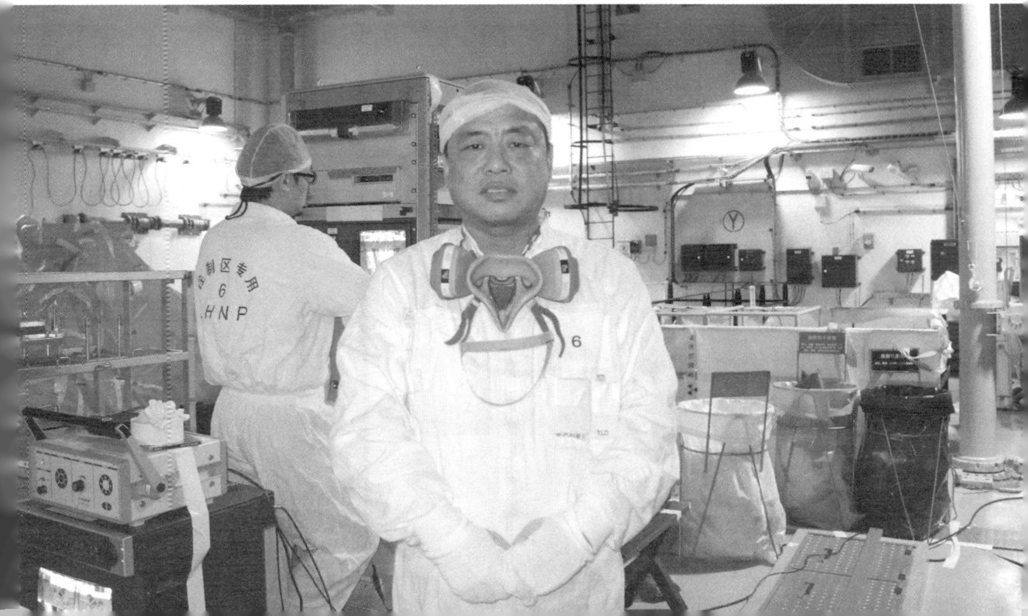

料主管了，他亦如此。循环运行过的缺陷棒里可能残留放射性气体，抽棒过程存在不确定的风险。让手头没有操作任务的年轻人出去等候，特别是新员工，抽棒结束再招呼进场。

只要涉及高风险操作，乔素凯安排工作的原则是，现场的人能少则少，自己和年纪大一些的老员工留下。这是他定下的一个传统，没成家的、没生小孩的、年纪轻的先

乔素凯在新燃料接收现场

出去，不让他们一起承担可能的风险。

有一年在外基地大修，开箱接料厂房的吊钩伸手够不着，有人踩着凳子上去摘，恰巧被乔素凯看到，当即喝停。作为技术顾问，乔素凯有叫停权。他们踩的是普通凳子，只要重心稍微偏移，一不留神凳子就可能被蹬翻。他说停下来不要干了。凳子马上重做，下大上小那种，好了再开工。现场不能将就，什么都心存侥幸。只要涉及安全，没有临时凑合一说。

大家回到办公室，乔素凯意犹未尽，讲了一个早年接收新燃料曾经发生的事——

那一回，拆开燃料容器，松罢固定夹持板，用束缚带的螺栓卡扣卡紧组件，吊起来竖直，顺顺当当的没啥问题。好了，进行下一步操作，把螺栓卡扣一个个松开，一层、二层、三层都有人负责。拧螺栓就是一个小事，一手轻扶组件，另一手把扳手的防脱绳套在手腕上松螺栓。外旋螺纹顺时针扳，内螺纹逆时针扳，松下的螺栓一颗颗摆在专门编号的零件盒，如果 8 颗螺栓全了，表明都拆完。好了，大家都做得规范到位。始料未及的是，一颗螺栓改变了这次接料的命运。它栓得太紧了，操作者用劲过大，扳手一滑，向组件的燃料棒表面划了一下，磕出一个小凹坑。后来评价论证的结果怎样？你们知道吗？一个小小的凹陷，从表面看，外观结构没啥大变化，一点小瑕疵而已。但进入堆芯运行一个循环，情况会不会恶化？谁敢打包票！最后，整个组件原封不动运回燃料厂重新换棒组装。这个费用多高？涉核材料运输管制重新报批，耗费了大量资源，估计没有上百万元也得几十万元。如果这是新机组首炉料，乏燃料厂房没有备用组件供紧急启用，运行时间还不得再拖上几个月，那个经济损失就太吓人了。

看大家听得入神，乔素凯转而语重心长地说："这就是典型的燃料无小事。只要动它，只要在操作它，不允许有一丁点儿闪失，出了啥事情都是大事儿。事实证明，对燃料要永远怀有一颗敬畏之心，别看燃料组件冷冰冰，它是有生命的，要用心呵护它，甚至是伺候它。你不轻举轻放，你不温柔对待，保不定哪天它就反噬你。"

第七章 外国人的高价逼出国产化

早期，换料系统主要设备的维修，一直委托法方完成。一台机组单次维修，高峰时需要9名外国专家，耗资近300万元人民币。技术不掌握在自己手里，别人说什么就是什么，没半点讨价余地。

为了改变被动局面，现场服务处喊出的誓言豪气冲天：人活着就是要争口气，依靠别人就永远受制于人。知耻而后勇，我们有这么多党员和优秀员工，给我们3年时间，一定能甩掉“洋拐棍”和一切外援，实现核燃料装载、设备维修一体化和自主化，闯出一条属于我们自己的成功之路。

这种思路立刻得到集团领导层的回应，全力支持，将换料系统设备自主化维修作为核电站首批重大攻坚项目。他们从别的部门抽调维修机械、电气的精兵强将，甚至“社聘”高手，用蚂蚁啃骨头的精神，以点带面，从简单机械系统循序渐进到复杂的仪控、电气方面，不断攻坚克难，消化吸收关键技术。在3年时间里，法方专家从9人

创新工具

减到3人，最后剩下一人。到了2008年，大亚湾核电站不仅节省了每年数千万元的外方人员技术支持费用，还锻炼出一支自己的高技能维修队伍，实现换料设备自主维修，一举甩掉“洋拐棍”。

几年后，中国广核集团建设和运营的核电站走出大亚湾，在国内多地开花，机组越来越多，法国的换料设备面临升级换代，他们的专家团队不断研究升级新的换料设备维修技术，自信地走在自主化的康庄大道上。而今再回首，愈加体会到当年的攻坚会战有多么的高瞻远瞩。

参与其间的乔素凯，深受自主化成功的氛围感染，但作为换料主管，他的注意力始终聚焦于核燃料操作，专用工具和设备也要甩掉“洋拐棍”。

水下强光灯是反应堆水池的水下照明装置，也叫光枪。一次，乔素凯几个人准备为它换灯泡，老外看他们没戴面罩就准备去干这个活儿，十分紧张，连忙让停下，拿来说明书翻开给他们看，程序要求操作光枪必须头戴面罩，因为灯里有4个帕斯卡的压力，万一破裂，玻璃片会像子弹一样飞起来。老外告诫着，还做了一个手抹脖子的动作。

原来，法国提供的这种光枪用的是氙气技术，为了聚强光增亮度，灯里储存有惰性气体，惰性气体必须充压。

后来，机组配套的光枪发生故障，已经买不到这种产品了。因为技术壁垒，采购国外升级换代的新产品，不仅要有出口许可，还需要通过一层层的审核。

十几年前签的合同，法方提供的器材也已过时，还特别昂贵。一个小小的照明装置，风险居然如此之高。乔素凯很不甘愿，他联系国内企业，用当时已经成熟的金属卤技术，开发出压力比较小的卤素灯替代国外产品。如今已经向前推进了两步，达到常规气压的卤素灯后，又出了新款 LED 灯，而且非常亮，优越性彻底体现出来。

起吊燃料组件用的机械拉力计，类似硕大的弹簧秤加一个显示重量表盘。原件用几年磨损了，核电站欲采购法国原厂秤。好家伙，一个 80 万元，还不带吊钩。乔素凯得知后，心里愤愤不平，常规之物也如此之贵，中国人的钱就这么好挣。他在心里俨然老大似的拍板：好了，这就是最后一单！没费太多周折，他便在国内找到一家有类似产品的合资企业，一个 5 万元，配套了所有附件，还与原先的一样好用。

乔素凯的这类想法，每回都得到师父支持。递上来的申请报告，他看完，会问一些细节问题，然后总是签发。他知道徒弟是一个很严谨的人，做事靠谱，而且一次次成

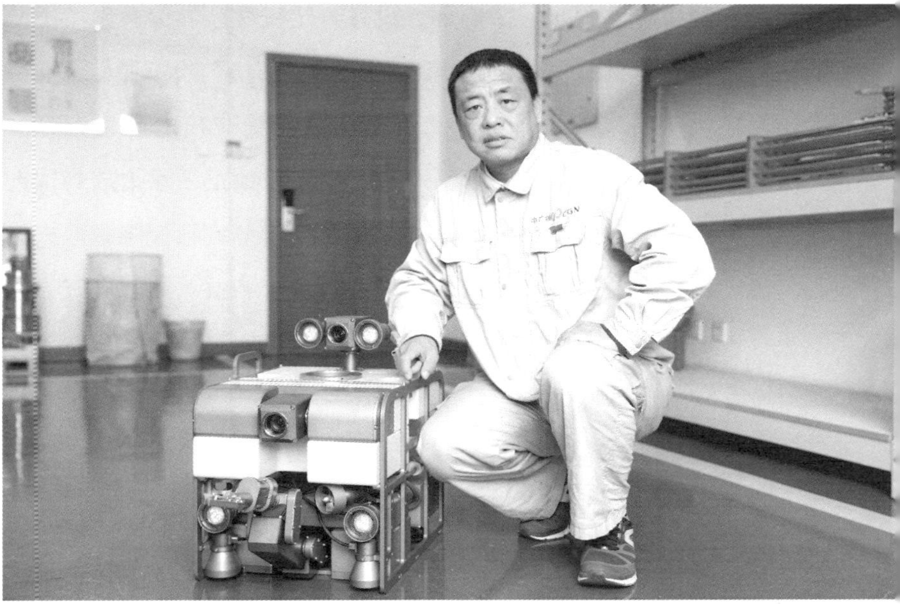

乔素凯与研发的机器人

功、不断正反馈，做出自己的品牌和威望，让人信任也放心。

乔素凯生活在北方欠发达地区的山村，自幼养成节俭精神。厂房外海边密匝匝的护岸水泥扭矩块，进口一块就是一台彩电价格，他听了都心疼。别人可不像他，中国核工业刚起步，采购外方设备肯定安全。偏偏乔素凯不信邪，这触到了他内心深处的民族感，感觉中国人当了冤大头。以前设备有什么问题，只需提交核电站，工程改造部门进行改造或重新采购。现在，他把注意力放到国产化上。这牵扯到一个人的处世态度，节俭精神刺激他去寻找国产替代品甚至创新研发，为国家利益、国家志气去创新。中国蓬勃发展的基础工业、健全的制造业平台，给了他说不的底气。

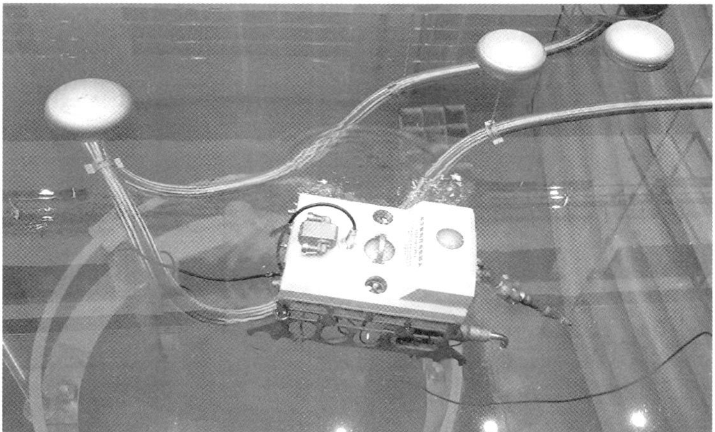

水下异物打捞机器人现场试验

2010 年 8 月，岭澳二期机组准备投产运行，吊车属于新设备。装料时，他的眼睛敏锐一扫，墙上怎么多安了一块反光板。看行车缓缓走过去，反光板上出现一个红点，实时反射，显出两者间距离的数字。经过询问，知道这个装置叫激光测距仪，精准度达到 0.1 毫米。

水下测距，他们一直用机械距离编码器，拉绳式的，类似卷尺，在水下拉长拉短，计数器显示标高。这个设备笨重不说，还毛病不断。绳子泡水收回来，经常卡涩；硼酸水酸性，器材也容易锈蚀。乔素凯当即便寻思，激光测距仪在空气介质中表现如此亮眼，能不能也移到水下用？

加工厂按照他提供的设计思路做出样机，他们进行试验。激光发射体不下水，把编码器头部的玻璃套筒浸一截在水里，避免水面波动影响测量精度。激光在水面上几毫米发射，再穿入水里。虽然空气与水下系数不同，但通过后台数据处理，打到池底 10 米深，显示器马上跳出同样的数字，比机械距离编码器精准多了。发射器体积很小，方便又实用。

乔素凯曾经对采访他的记者说：“在一线干活，遇到问题，才能知道什么问题急需解决。我这人爱观察爱琢磨，关注科技成果，随时与当下成熟的技术做连接，提出思路，给加工厂一个方向，大家一起来实现。我就一个口号：永远走创新路，永远有动力，永远在升级。”

不到40岁的年纪，在核燃料领域精耕细作了近20年，有技术积累又有自信心，那个时候的乔素凯冲劲十足，开始了接连不断的创新研发。

每次堆芯装料完毕，他们必须通过水下摄像机传上来的视频，对157个位置的燃料组件逐一核查，整个过程由核安全监管工作人员现场见证。水下耐辐照光导管摄像机从国外采购，不算电缆、控制箱，不带马达，一套60多万元。出了故障，请外方专家来维修，他们从登上飞机开始计价，修好回国下飞机才告结束。这种洋工具买得起也用不起，用得起也坏不起。人家说什么就是什么，要多少钱就得多少钱。况且，产品经常还有出口管制，需要制造国政府审批。

乔素凯喜欢摄影，对成像器材感兴趣，还在当学生时便省吃俭用买过一台海鸥牌照相机。买老外的摄像机不仅贵还麻烦不断，他又被刺激到，朝思暮想的结果，找国内研究院所合作，用几年时间研发出水下耐辐照光导管摄像机，价格仅为国外产品的一半。

首次安装使用这台国产水下摄像机，他创造了人生史无前例的工作时长，一口气连续干了 14 个小时，下午进控制区，次日上午出来。一个班燃料没装完，另一个班进来继续装，直至堆芯照相结束。其间，困得直想迷糊，他把两袋咖啡冲成粥一样浓稠喝下去。他的特长就是研究图像，以前堆芯照相很容易出问题，图像调不好，高度对不准。他放心不下，如果自己不在现场，别人需要耗费更长时间。

一次次将洋设备成功替代掉，乔素凯很有成就感。花的冤枉钱少，供货周期短，售后服务也周到。头一天晚上

新燃料接收现场，前景为机械拉力计

相机出问题，维修人员次日便能赶到现场。

这件事还有续篇。堆芯摄像靠电缆传输信号，电缆进入水池便沾污，这个难题一直无解。有一天，乔素凯在央视新闻看到"蛟龙号"海试成功，水下传回的图像是那么的清晰，他惊奇极了。如果能把这种水下无缆传输图像技术用到反应堆水池，不就彻底了结一块心病。"蛟龙号"的

与合作方讨论新一代水下相机（左一为乔素凯）

惊艳表现给了他灵感，但他不知道用的是什么传像技术。翌日，根据过往经验，他迫不及待做实验，但包裹好的手机在水下超过 1 米时，就完全没有信号了。

夏末早晨去办公室的路上，他心事重重走着，忽然脚底咔吧一响，踩到什么硬物了，低头一看，是一圈破碎的蜗牛壳。顺着边上好几颗空蜗牛壳，他往大王椰子灰白的树干望去，那里或高或低黏着好几只蜗牛。它们爬树想干啥？上面有美味吗？爬到半截，烈阳暴晒下脱水，纷纷落地死去。这种夸父似的赴死精神让人动容。他这样想着，双眼又望向对面林木蓊郁的山头，那里的蓝天上，有只老鹰在一圈圈盘旋。形只影单飞得那么高，它有孤独无助的时候吗？欲做没人做过的事情，想必都得如此。

他的心情莫名地敞亮起来，进了办公室，他决定干一件事。他想起师父经常提醒的一句话，遇到啥问题不开窍，多寻求专业部门支持。他想清楚了，把水下无线传像设想和思路写一个方案，譬如想达到的功能，需要什么参数，如何把这种技术转变为现场应用，发给多次合作过的中科院光电技术研究所，听取他们意见，看此事是否可行。

研究所未涉及过水下无线视频传输信号，基于图像数据量大，他们也不敢预测结果。密封防水、耐辐照屏蔽水下射线都不成问题，关键这不是一般的传像技术，或许像天文望远镜一样，通过接收众多的数字信号再来合成一帧图像。后来，他们经过反复的可行性研究和一系列实验，终于找到了解决方案，准备着手做实验样机。

这期间，乔素凯去外基地修复燃料组件，遇到也在那里开展工作的二徒弟李俊，就跟他聊起这个事，征求他的看法。几天后，李俊回电："师父，换料机设定了超欠载保护定值，水下无线摄像机重量要和燃料组件一样，不然抓取时，你还要增加一系列的特殊操作。"

乔素凯拍了一下脑门，一味沉浸在无线发射器安哪里，摄像机如何下水，电池放啥地方，把整体重量忽略了。情况是这样，换料机有个重量保护机制，一定要满足它抓取的重量要求，低于或超过标准，它都动不了。乔素凯尝到了博采众长的甜头，他马上提前增加了配重块。

前后 3 年时间，光电技术研究所做出的实验样机，专程拿到大亚湾基地的技能培训中心一比一模拟水池进行实验，8 米之内的信号传输非常好，满足堆芯检查需要。

核燃料专用工具和设备的自主化，就这样靠着一点点地攻克，越来越熟悉，越来越多点子，越来越自信。在乔

乔素凯在进行组件拆装工具测试

素凯主导下，水下耐辐照摄像机一直根据现场需要不断研发新品，现在已经发展到第五代。通过高清微距技术，图像能放大到20多倍看细节。这些技术均处于国内领先水平。眼下，他的团队又准备把AI识别技术应用到燃料组件检查上，摄像机前端采集图像，后端智能识别。增加一些算法，燃料组件的缺陷就能自动识别出来，功能越发强大。

第八章 心脏手术的外科医生

在反应堆堆芯里，新燃料运行过三个循环，就变成不能再使用的乏燃料。但某根燃料棒可能运行一个循环后便出现缺陷，如包壳有鼓凸甚至破损，整个燃料组件不能再入堆，但其他棒还有使用价值。把那根缺陷棒抽出来，插入替换棒，组件起死回生，又可以继续使用。这就好比手电筒里的电池，坏的那个卸出来，换一个新的，手电明亮如初。这是西方发达国家的技术，叫单棒修复。

通常，有缺陷棒的组件存放在乏燃料厂房水池的硼酸水下冷却，等有了成熟技术，便会去启动单棒修复项目。

2002年，岭澳一期两台机组投产运行。6年后，岭澳二期的两台机组也开始施工建设。时间进入2008年，燃料组件的单棒修复提上了议事日程。当年，岭澳一期有单棒修复设备打包配套。手头虽有金刚钻，但缺乏技术，也揽不了瓷器活。那年，已经是现场服务处处长的黄家权准备带乔素凯等人就此赴法国培训，但因种种缘由未能成行。黄家权便向核电站提出，请法国专家来大亚湾做缺陷组件修复培训。签订的合同价格为200万元人民币，培训结束后，他们再负责教会修复模拟组件和实体组件各一组。

2009年夏天，在技能中心教室，开始换棒理论基础培训。参加培训的人员英语水平高下不等，授课没有翻译。前些年，乔素凯专门去四川外国语大学学习了5个月，但遇到专业术语还是搞不定。

因为英语不过关，他也不是工作负责人，都是英语好的同事在跟老外交流沟通。几节课下来，他坐不住了，专门找黄家权反映情况，“师父，这样不行，培训效果不理想，只有少部分英语好的人才能完全听懂”。

很快，通过黄家权的安排，指定外语好的同事自己先搞懂，再给大家讲解。

在这个历史节点上，乔素凯有自己的盘算，他一边听课一边用培训中心借来的 DV，全程录下老外的培训课。

培训结束后，乔素凯开始做一件非常牛气的事情。那一个月里，晚上办公室的灯光经常亮到凌晨。他把英文教材《组件换棒理论培训基础》，与拍下的录像逐一对照，再根据自己的现场经验分析判断，搞不懂就啃英汉字典，愣是把老外英文版的修复操作流程 PPT 翻译成中文教材。对一个只有 5 个月大学英语学习底子的人来说，这是一个

红沿河核电站燃料组件修复团队（前排中为乔素凯）

艰巨无比的过程。碰上几欲崩溃之时，当年"黄金人"那带着复杂情绪的豪迈誓言，"低头靠勇气，抬头靠实力"便一遍遍在耳道回响，他咬紧牙关想，他要挑战自己的极限。只要用心去做就没有搞不定的事，一定要把这套培训教材拿下。我，乔素凯，不但能换好料，还要会修复燃料组件。

熬过多少个日夜，他拿出了初步成果，跟同事们一起讨论；请教英语棒的人，把不准确的翻译逐一改正。那段时间太伤脑筋，他的头发一把一把地掉。

当时，乔素凯就是一个换料主管，英语也不是最强，但他偏偏改不了爱管"闲事"的毛病，涉入不属于他职责范围的领域。有时，他甚至在心里头大喝一声：老外呀老外，以后再没有机会花这个钱请你来了。

他像章鱼一样，又一次把触须四处伸开，不是谋取个人功名，而是想把先进技术学到手，再也不求人，再也不花冤枉钱。他费尽脑筋做这件事，也不是独自享用，而是发给全科的人，大家共享。直到现在，他们还在使用这个教材，只不过在老外基础上不断更新替代和改进升级。

此后，乔素凯尝到了 PPT 直观易懂的甜头。从来没人对他有要求，他主动去做这些意义非常的事情。这么多年来，除了强化安全意识、手上练就一手炉火纯青的功夫，他还积累了处理问题的丰富经验。乔素凯有一台专用电脑，里面储存着大几百条花精力制作的PPT演示文件，有文字、有图片、有视频，甚至配以动画演示。内容涉及技术方案研讨、燃料操作预案介绍、事件处理总结、创新思路陈述、可行性调研报告诸多方面。仅工作以来，历次发生的核燃料事件汇编PPT，便有100多页。通过描述当时

换料模拟机培训

发生的事件、出现的问题，分析因果，总结经验，与大家一起分享技术经验积累。

“别人干完就完了，他却放在心上，知道以后怎么去干。”师父黄家权经常以他为例，告诫大家要善于总结经验，积累经验。

他一次次“越位”，一次次走到台前。

当年，乔素凯跟燃料组件摽上了劲。没有大修任务

乔素凯在燃料组件检查现场

时，在乏燃料厂房的水池里，乔素凯让徒弟们先把原理搞清楚，然后再做一些辅助性工作，熟悉了继而手把手指导，通过 4 米多的长杆在模拟组件上练手感。几个月后，大家根据各自的经验、判断和手感，慢慢找到了修复的感觉。

日历翻到 2012 年，中广核集团在运机组 6 台，即将运行 10 台，在建和拟建 12 台，已经从大亚湾畔迈向外省基地。集团高层运筹帷幄，将机、电、仪、核燃料等各维修专业从大亚湾核电站剥离出来，成立中广核核电运营公司，服务于集团所有核电站。越一年，又有一些燃料组件亟待修复，慎重起见，运营公司核燃料服务部决定再请一位法国人当顾问，现场指导。

在乏燃料厂房，法国人刚准备上场操作，乔素凯笑容可掬地对他说："您是我们请来的顾问，干活我们来，您在一旁指导。OK。"

此前他已经跟徒弟和同事商量好，这就是实弹演习，让老外为我们把最后一道关。大家争取多上手，把关键步骤记牢。他们没有下一次了。

那个法国人比较年轻，对此也没有特别想法。没问题，他耸耸肩表示接受。

这一次组件修复结束后，乔素凯便在之前基础上，把单棒修复的流程标准化了。

2013 年有点不同凡响，这一年，乔素凯成为换料顾问，他从核燃料操作队伍中选拔了一些具有创新意识的优秀青年，除了核燃料操作外，工作重心开始向单棒修复和专用工具创新方面倾斜。

乔素凯向师父请缨：“组件修复今后可以不请老外了，专用工具和设备也要自主研发。我们不能妄自菲薄，总跟在外国人屁股后面走，中国人肯定行。这个事由我的团队来做。”

乔素凯深知燃料操作最难的是修复，风险最大的也是修复。长期以来，乔素凯养成周全谨慎的处事风格，凡事唯恐意外。不知底细的人谓之胆小怕事，殊不知那是他的战术，概因其所从事的特殊工作，毫厘之差便会谬以千里，胆小并不代表裹足不前。在他的意识里，安全永远是一条不能触碰的高压线。看明白的人都知道，乔素凯握在手里的是一柄双刃剑，其人生另一面胆大果敢，关键时刻总是挺身而出，挡在别人面前，危险一个人来扛。从战略而言，唯有审时度势的胆大心细，才敢不断创新，蹚别人没走过的路。

集团核电股份公司副总裁秦余新回答过媒体人的提问，“燃料组件修复是公司定出来的核心能力攻关项目之一，国内没有人做过，也没有人研究过，这个事怎么干的也不知道。现实摆在我们面前，是他站出来啃这个硬骨头。你说他胆子小吗？”

后来成为核燃料服务部特殊维修中心主任的陈鹏尹也说过这样的话：“项目研发创新，有时试验也存在一定风险。每次遇到危险，师父总是让其他人离开，亲自上阵，

燃料组件修复现场

挡在最前面自己来搞定。关键时刻，师父遇事不怕事，他的胆子超大。"

这么多年来，乔素凯手执胆小与胆大的双刃剑，与核燃料和谐共舞，让它巨大的能量变得安定如水滴，美妙温柔，从而亮起千家万户的光明。

下面我们来看看燃料组件修复的主要过程。

装料前检查燃料组件

找到怀疑的缺陷组件，通过水下摄像机检查外观后，首先拆卸燃料组件上管座的套筒螺钉。手握长杆，垂直不能晃，伸到水下近4米处，对准螺钉，匀速转动。扭矩传到水下，全凭经验和手感。稍微感觉不顺畅，马上退出重来。这是一个细至毫厘的操作，螺距长度精准值为11毫米，即使差0.5毫米，螺钉也拧不下来。若有一点闪失，便造成细牙螺钉滑丝损坏，进也进不了退也退不成，价值1000万元的组件便宣告报废。这是燃料组件修复的关键点，决定其成败。

拧开上管座24颗螺钉一般耗时两个多小时，换好替换棒，拧紧锁死要4个小时。4米多的长杆重量接近10公斤，通常拧到六七颗就要换人继续往下操作。

把上管座吊走后，进入最关键的修复环节。抽出缺陷燃料棒，这一步要求操作者谨慎心细。燃料棒壁厚仅有0.53毫米，经过堆芯运行，里面压力很大，稍有不慎，可能损坏缺陷棒，造成修复失败的后果。接下来，回插一根相同尺寸的不锈钢替换棒，最后把上管座再装回去。

上面是“快进播放”，倘若加上专用工具的移动，前后自检和其他部门的各种离线检查、确认，修复一组缺陷组件前后耗时约17天。它的400多道工序里，有200多道不可逆。每一步操作都必须慎之又慎，可谓步步惊心。

“大国工匠年度人物”颁奖典礼上，中国获得世界核能卓越贡献奖的昝老先生为乔素凯颁奖时介绍：“乔师傅的工作就是维修核电站当中最重要的一部分，核燃料是核电站的心脏，他做的工作就是更换心脏，维修心脏。”

将燃料组件类比心脏，恰如其分。它与心脏一样构造复杂，在这个部位实施手术，毫厘之差便是生与死的分水岭。对核电站心脏进行水下修复，乔素凯堪称世界顶级的外科医生，他带领的团队也是国内唯一能进行水下全方位整体修复燃料组件的一支团队，他们更换心脏、修复心脏，保证核电站充满活力地健康运行。

乔素凯也经常把自己比喻为核电站的外科医生。他始终以为燃料组件具有生命体征，要善待它，要呵护它。进控制区他就像进手术室，一旦套上白衣、白帽、白鞋、七件防护套，工具对好了位，他总是充满怜爱，在心里念念叨叨个不停：螺钉宝宝啊，我会很轻很慢，咱们出来吧。你看呀，我要慢慢松开了。你别急别动，不要出任何问题呀。再坚持一下，马上好了……

在一次次的操作过程中，不管水池边站着多少人，外界怎么吵，他都能滤掉别人的声音，屏蔽与外界所有的联系，如入无人之境，眼里、脑海里唯有燃料组件。

当年大国工匠年度人物齐聚北京时，敦煌研究院的修复师李云鹤说过：在修复壁画时，整个石窟里没有人，我觉得自己在跟五千年文化、跟上苍在对话，在跟壁画对话。听其一席话，乔素凯整个人醍醐灌顶，如梦初醒。这种情形他也有过呀，只是没上升到李师傅这般神奇的境界。

组件修复培训现场（左二为乔素凯）

这是对核燃料敬畏之心的一种外化呈现，这种情感由那些耳闻目睹的事情积累而成，你不能不敬重它，不能不畏惧它。

从不懂到懂一点再到懂了，直至熟练掌握单棒修复全部技术。2014年以后，乔素凯带领团队开始了真正意义上的自主化组件修复，他们用接近两年时间，把大亚湾基地的存量全部修完。后来，只要集团外基地的核电站有需求，他就是项目技术顾问，带着这帮徒弟和同事上门做心脏手术。这么多年来，他带领团队成功修复了国内多座核电站的缺陷燃料组件，挽回了数亿元的经济损失。

当年那些进口组件修复专用工具和设备，仅附有装配图，使用几年以后，逐渐开始陈旧老化。乔素凯也不想申请购买国外产品了，现在的他，对这类问题已然不怵，他联系集团研究院和国内一些研究院所，跟他们一起合作，在掌握单棒修复基础上，攻克技术难关，优化进口专用工具，成功研发出一套国产化的新设备，更电子化，更安全。7件长杆工具，最长的5.8米，加上20多件适配器，装满一个6米标准集装箱。

第九章 薪火相传的接力

乔素凯从29岁开始带徒弟，到如今嫡传的有11人，其中大部分成为运营公司换料队伍的骨干力量。他先后培养了10位换料顾问、50多位换料主管和80多位换料机操作员。迄今为止，已经完成6支大修换料队伍的人员培养，基本满足集团28台在运机组的换料操作及设备维修工作。

人类前赴后继，通过迭代方式薪火相传，后来者踩在前一代人的肩膀上，去穷尽对未知星球的探索。长江后浪推前浪，自己终有退休的一天。带徒伊始，他即开始思索这些事情：怎么尽到师父责任，把一个个徒弟们带出头？用啥方法，让自己的技能和经验后继有人？

他常琢磨师父的带徒经验，从中汲取养分。2010年，陈鹏尹入职成为徒弟。在别人的聊天中，乔素凯知道这个名校毕业的高才生来到大亚湾，就是一门心思冲着深圳这座一线城市来的，对燃料操作心存顾虑。他也不多说，工作之余，貌似熟悉厂区环境，专门带徒弟去那些与专业不相关的厂房转一转看一看。

事隔多年，盘点当时心态，陈鹏尹自有感悟，"两相比较，发现自己工作的环境并不比别人差，心里平衡了不少。到一个新环境就业，人生地不熟，刚来没几天，师父把几个徒弟喊上一起去吃饭，说是为我接风洗尘，还询问了家庭情况，彼此聊得很尽兴。一来二去，生活便有了融合。再看别人的师父，工作量少时基本不太管，让徒弟看资料什么的。对比自己的师父，别人的归属感明显差很多。来了两年后，信息技术发展迅速，行业收入也高，有个同学准备创业，希望我一起干。心理产生波动时就想，师父对我蛮好，还是留下吧。"

徒弟齐航刚来那一阵儿，乔素凯发现了他的细心、沉稳，绞尽脑汁给他派了一个活儿，整理录像带和光盘资料。那可是乔素凯的宝贝，大修换料拍的图片和录像。手头闲暇时，他会对现场工作过程复盘总结，比如，操作得失，方案是否最佳，还有没有优化可能等等，并制作成PPT与大家共享。当时还有很多录像带没来得及整理，他让齐航逐一看过，分门别类贴上标签。乔素凯有心想检验他做事是否确实细心不急躁，顺带也修炼其心性。后来，根据齐航的性格特点，把大修前文件准备这项重要工作交由

乔素凯创新工作室团队成员

他执行。

技能方面，乔素凯不是一味死教硬传，更多通过现场模拟组件练手，边干边讲解，在示范中让徒弟们眼看手动心想，通过潜移默化传技。

按安全生产规范，在乏燃料厂房做拔棒操作时，所有通风设备关停，即便冬天现场也热。新来徒弟首次进入控制区心里都有压力，真枪实弹，核燃料只隔着一层水。紧张得人手心全是汗，干活戴的手套也浸湿了。

燃料操作团队

乔素凯身扎安全带，坐在水池边，手执4米多的长杆，边操作边讲："想保持长杆垂直，腰必须挺直。看到升降机旁边的两根柱子吗？以它为参照物，是不是对中，是不是偏斜。沉住气慢慢来，手不要晃，酸了搁下歇一会儿。都说我们是心脏外科医生，你想想看，手一抖，边上多少血管遭殃。"

这拼的可是体能和专注力，新来徒弟做了几下，手酸歇下时讨好地问："师父，这杆好重呀！你当初是怎么练出来的？"

乔素凯看着年轻脸庞上的汗珠，难得幽默一下："明天像我一样，多吃一碗饭再加个鸡腿。"

接下来，换练过几次的徒弟上，"现在你是主操手，我来辅助你。操作时尽量感觉跟外界没啥关系，就是全神贯注，旁若无人，只跟工具跟组件对话，出汗就让它流，脸痒也不能松开手。特别留心传到手里的力道是不是均匀，是不是流畅，边旋转边找手感。"

乔素凯操作燃料时非常保守，但在锻炼徒弟能力方面，却比较开明。他让已经成为换料主管的徒弟逐一上台面历练，轮流当项目负责人，今天甲上明天乙来，锻炼他们独当一面的能力。

所谓严师出高徒，乔素凯在有些方面出奇严苛，毫不留情面。

有些事深深烙在齐航记忆里。大修换料前，文件准备做好后有个重要环节，叫文件集中核对，类似实战前的沙盘模拟演练。一个班5人，每人扮演其中一个角色，拿着对应文件念，第一步做什么，其他人核对是否正确。刚来那一阵，他没把这太当回事。前一天干活晚了，次日核对迟到。师父脸色难看，一句话顶死，“别核了。一边听！”然后拉长脸不理他。这件事让他反省，燃料操作态度决定一切。还有一次，换料前，师父让他负责设计固定摄像机的适配支架。他花费心思，图纸设计规范，既考虑到力学因素，还注重了美观，暗想能讨得师父几句表扬。在现场，师父双手端着支架左右审视，问了一些数据，他对答如流，还自信补充道，在外面都试过，肯定没问题呀。岂料师父脸色一变，支架搁地上，脚上的劳保鞋就势踹过去，支架立马扭曲变形。面对“尸骸”，他极其尴尬，没考虑到碰撞外因。水下操作环境复杂，万一摄像机碰到水池壁？

当时等着用，提前准备还考虑不周全，乔素凯心里冲出一股无名火。多年以后再提及这件事，乔素凯检讨了自已当年的简单粗暴。一心想学师父，很多地方就是学不来。性格使然，内心想什么都呈现在脸上，无遮无拦，心直口快，这就是他乔素凯。

刚来不久，陈鹏尹也有过类似经历。一次大修换料，连续几天操作，终于完成了装料。那天，他一身疲惫走出厂房，天幕已经挂上了繁星。下班做的最后一步是堆芯照相，通过水下摄像机检查装料位置是否正确，以及燃

乔素凯（右二）与徒弟们在现场

料组件之间是否等距。他回到办公室，准备处理好个人卫生去填辘辘饥肠。不料师父还守在办公室，当头就是一句：“你怎么在这里？”

那时，现场堆芯照相检查、测量，陈鹏尹都还没经历过，再遇这项工作要等到下一次大修换料。乔素凯满心以为，如此关键步骤，徒弟肯定留在现场。

乔素凯的脸登时拉长，语气不满道：“机会很难得，你快去。”

陈鹏尹连忙回道：“我快快吃完饭，马上。”

“等你吃完，黄花菜都凉了。哪有机会！”乔素凯的脸色又黑了下来。

在厂房站了六七个小时，此时又累又饿，虽说他硬着头皮再进厂房，但心里想，师父太不近人情，也不食人间烟火。

话说回来，乔素凯向来的爱岗敬业又让人无可挑剔。他本人是一种什么状态，他可以十几个小时待在现场，而且多年如一日。别人来上班时他在办公室，别人走时他还在办公室，中午只是靠在椅背上眯一下，他的时间里填满了工作。乔素凯还有一个好，脸臭归脸臭，他不耿耿于怀，事后很快风轻云淡，该干吗干吗。

后来，等他们陆续走上换料主管岗位，都理解了师父当年的严苛。如今，他们这些受益者，也是按师父的行事准则来带徒弟的。2017 年，乔素凯牵头创建“核燃料操作与维修工作室”，开展换料技术、换料专用工具国产化、创新研发三项工作。手头不忙时，他们都会把各自徒弟尽

乔素凯（右二）与徒弟们在一起

可能赶往工作室，想“占”带徒便宜，通过师父的潜移默化产生跨代影响。

在工作之外，乔素凯仿佛换了一副面孔，俨然长兄慈父，跟徒弟们混得像一家人。他不光跟徒弟打成一片，跟徒弟的家人，甚至跟他们远在外地的父母也很熟络，对每个徒弟的家庭情况了如指掌。

华先锋二胎孩子出生，看他下班还没走，便问：“还有啥事没做完，明天再搞。急的话晚上我来做。你按时回去，工作之外多顾些家。”出差外基地，任务完成接近尾声，无须那么多人手，他会让家里有事的徒弟、同事先行一步，自己多留几天。

碰上这类事，乔素凯有一套自己的说辞，我都老夫老妻了，你们年轻人不一样。乔素凯命好，他娶到一位贤惠媳妇。之前，他一门心思扎在工作里，基本没顾家，媳妇也就发发牢骚，大事小事还是自己一个人扛过来。40 多岁后，乔素凯开始梳理人生，对家庭心存愧疚。家家都有一本难念的经，他不希望徒弟们因家庭闹矛盾起争执，幸福家庭少不了双方共同经营。

这一年秋天，陈鹏尹父亲来深圳。周末，乔素凯安排徒弟们带家属都到大亚湾聚一聚，虽说远亲不如近邻，但近邻也要经常联络情感。碰上啥事，大家相互有个照应。在大鹏湾校场尾游览区的沙滩上，华先锋的爱人朝乔素凯调皮道："乔师傅，你可永远都要为我撑腰哈。"

这话后面有个故事，华先锋曾经跟爱人因为鸡毛蒜皮的小事闹不痛快，两个人几天不说话。乔素凯得知后，把华先锋教育了一通："我们在核电上班，家里你也不可能全顾上。对家人本来就有亏欠，一点小事都不能忍，这就是你的不对。"

后来，华先锋把这事跟爱人说了，爱人笑得很得意，"以后你再敢跟我吵架，我就找你乔师父。他是我的靠山哩。"

年轻父母带着小朋友去玩海水、坐游艇冲浪。乔素凯与陈鹏尹父亲坐在海边凉亭，一见如故地聊着。陈父是福建闽西某县的中学校长，说起话来也文绉绉的："乔师傅，俗话说一日为师终身为父，孩子交给你我放心。如果他有什么地方做得不好，你要像长辈一样毫不留情。"

两个人你来我往聊得很是投机。

傍晚，他们去镇里的大鹏所城吃晚餐。近些年，原来地处荒山野岭的大亚湾一带，因为核电站的人流量带动周边产业链，民宿商铺菜馆林立，这一片海滨火了。大鹏所城的客家菜馆开在一座民居里，古色古香，文化氛围很足。若不是他们提前预订，周末一位难求。

乔素凯举起酒杯："这一杯，我代表徒弟们先敬家属，因为工作性质，我们顾家少，你们付出很多。请多包容多

在防城港电站（右三为乔素凯）

谅解，我们尽可能做得更好。”

男人你来我往敬酒，女人则边吃边分享育儿经，不时吐槽丈夫，彼此释放一些心底埋怨，平衡各自心态。

这时，齐航读幼儿园的孩子拉着妈妈的手，指着旁边端着 iPad 玩游戏的小哥哥，欢快叫道：“爸爸，爸爸。”

知道缘由的人抑制不住唏嘘感慨，不由得心里泛起一阵伤感。这其间有一段往事令人动容。

2012 年前后，中国广核集团的红沿河一号机、阳江一号机、宁德一号机陆续投产，因为齐航胜任换料文件准备工作，这些机组首堆运营他一个没落下，奔忙各基地建立制度，培训队伍。那几年他走马灯似的不停出差，一年三分之二时间在外地。当时孩子小，家里事多，人几欲崩溃。他经常通过 iPad 与幼儿视频，以至孩子只要一看到 iPad 就叫爸爸。如此安排，乔素凯也是手里无粮，分身乏术，这方面缺乏可以信赖且独当一面的人。当整体修复项目的设备运到大亚湾安装测试，掌握数据摸流程，必须是经验丰富、细工出慢活的人操持，乔素凯借机把齐航调回大亚湾，才结束了他与平板电脑合二为一的日子。

近些年，乔素凯的视野和胸怀越来越开阔，他鼓励团队的年轻人提出创新项目，积极参与研发。年轻人思维活跃，基础扎实，也有热情，要让他们在风雨中尽快成长，将接力棒交到他们手中。在发自内心的社会责任感里，他获得满满的成就感。对公，为国家培养人才，为社会尽责；对私，师徒关系非常融洽。他品尝到一种别样的幸福感。人生如此，夫复何求。

就这个问题，曾经的集团核电运营公司副总经理张鸿泉也对记者说过：“这里面有一种精神在后面支持他，团队这帮弟兄特别希望能够在这个领域做到极致，有内在的荣誉感。”

第十章 人也要千锤百炼

2013年以后，集团的核电机组越来越多，设备不能老依赖国外进口，专用工具自主化研发开始改换门庭，进入科研项目序列，打立项报告做预算再申请经费，一人牵头，团队齐上。而且配套了激励机制，让项目成员更有获得感和荣誉感。

修复燃料组件时回插的替换棒，实际上是一根外观与燃料棒一模一样、特殊材料制成的不锈钢实心棒。堆芯核反应少了这一根，对整体功率影响无足轻重。它直径 9.5mm，4 米长一根，从国外购买需 2 万元，供货周期还长。

2016 年，研发不锈钢替换棒项目启动。摆在面前的就是一根不锈钢棒，依过往经验，乔素凯把事情理想化了，凭中国造钢的能力和加工实力，找到半成品再精加工，满足运行要求就是旗开得胜的那一天。结果马失前蹄，经多方咨询，国内没有这种特殊钢材。

转而换一种路径，直接找有实力的钢厂炼制。进口替换棒提供了图纸资料，各种元素有严格指标。团队做了大量前期工作，切下一段原产替换棒，让有授权资质的集团研究院做成分分析，出具一份材料组成元素报告。

与国内一家实力雄厚的钢厂沟通好几次后，万事俱备，乔素凯带陈鹏尹前去拜访，受到热情接待。钢厂分管技术的副厂长自信十足地介绍，他们就是专门做核设备使用的钢材，每年产量几千吨。你们这个没问题。但一听说只做 3 吨料，马上面露难色打了退堂鼓，他们熔出一批钢至少 10 吨。出师不利，又联系其他钢厂，都是以量少、钢材特殊推辞，先后回绝。

一年时间里接二连三碰壁，此前的雄心壮志受挫委顿。陈鹏尹面露难色，对乔素凯说："太难了，有点穷途末路的感觉。”

第一步都踩不出去，乔素凯也非常揪心。以他北方人的犟脾气，就不是个轻易服输的人。他想起了京剧《沙家浜》里郭建光的唱词：胜利往往在于再坚持一下的努力之中。他毫不气馁，为自己也为徒弟鼓劲：“我就不信了，这么大一个中国。咱们四处撒网，多找关系广泛联络。小型钢厂也可以考虑试一试。”

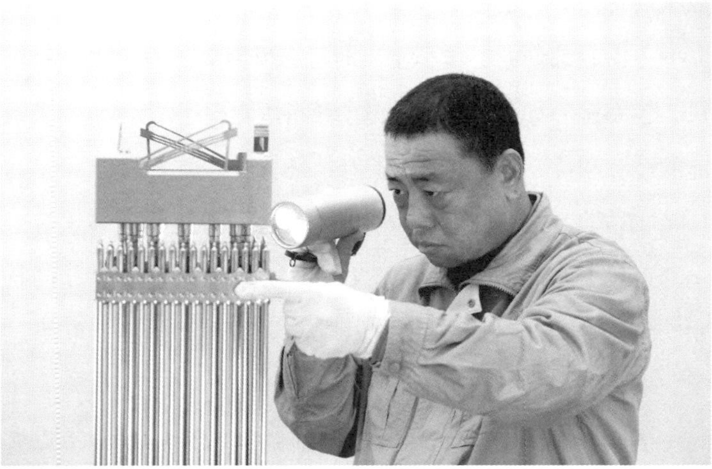

乔素凯在进行模拟燃料组件检查

耗了这么多时间，项目没一丝进展，他为此操透了心。也就是那一年，他发现自己冒出了白头发。

这一天，乔素凯心烦，神情落寞，就去爬厂区内的烟墩山，坐在望海亭任海风吹拂。风把万顷碧波一直吹到海湾对面的山脚，一抹蓝蒙蒙山影形似鹿嘴，那里有当年周星驰拍《美人鱼》电影的外景地。记得孩子小学时一家人去游玩过，还在海里游泳。他仿佛又看到妻儿脸上开心的笑容，洋溢在温馨的亲情里。海风徐来，鸥鸟长啼，眼前天宽海阔，他收回的心思仿佛又被海鸥的翅膀带到蓝得深邃的天空、缥缈得无垠的大洋。倘若人的胸怀也能像苍穹像大海那般宽广，多好啊。还愁啥装不下呢？

上山时郁悒的心情，下山时已云开月朗，乔素凯一身轻快，越发坚心如磐，中国有这么多钢厂，不可能都是为了眼前的经济利益。难道就碰不上有情怀、有格局的人？

2017 年夏天，这件事峰回路转，柳暗花明。终于等来一个好消息，陈鹏尹告诉师父，兄弟单位推荐了东北的抚顺特钢厂，他们可能有实力做成这个事情。他已经联络过了，对方说可以进一步面谈。

他俩旋即赶赴东北。吸取了前几次教训，这回不以客户自居，而是主打攻心牌。见面时，乔素凯便强调目前中

乔素凯.与创新设备在一起

国核电在这个领域暂无建树，虽然我们需求量不大，但这种特种钢材极其重要，希望双方一起联手努力，为国家填补上这一块空白。

碰巧特钢厂厂长也是有胸怀的人，他认同这一点。坦言他们就是做特钢的，也有专门小炉可以炼量少的钢材。但要研究一下材料元素分析报告，确定能不能做到再谈攻关合作。

到了 12 月份，特钢厂来电，指标里的钴含量比较难实现，但还是有把握去试一试。他带上陈鹏尹连忙赶往抚顺，他们去参观生产车间。刚靠近厂房便传来哐哐哐的巨响，进门见一个作业面上，气锤一次次落下，橘红色钢锭像面团一样变形，然后翻个身，继续哐哐哐。见乔素凯看得入神，陪同副厂长对他高声道：“乔工，我们这里的工人说，这叫千锤百炼。”

乔素凯恍然从梦中惊醒，外面鹅毛大雪飞扬，厂房里热浪袭人。好啊，千锤百炼。对一个人的品性来说，也要经过反复锤炼，炼出钢铁般的意志，遇到困难百折不挠。

特钢厂熔炼的前两炉料，因为某项指标不合格都功败垂成，继而改进工艺，添加了新的金属元素，终于获得成功。集团研究院对拉出的棒材做了内部超声检查和金相、力学等一系列分析，出具报告，可以在核反应堆使用。

这个项目可谓命运多舛。3 年时间里，从原材料炼制、精加工制造、检查检验等所有环节全走了一遍，最后成本骤降，从原本一根 2 万元降至 1000 元。

项目总结会上，陈鹏尹概括师父意思发言："项目的成功，对我们启发很大，除了集团支持，国内企业的通力合作功不可没。我们国家已经具备非常强的制造实力，但统筹整合各个工业平台的资源，会消耗很多精力。今后，我们要把项目痛点、难点找出来，把复杂事拆分成简单的单元来一步步完成，就会提高成功概率，使我们更有信心。"

也就在替换棒现场运用这一年，集团自主研发的燃料棒包壳材料进入堆芯运行，一个循环运行考验后，要在水下切成两段，送到专业机构做辐照后的数据检测。另外，机组运行时间长了，乏燃料水池里的废弃组件占据储存空间，也有必要进行缩容，通过水下液压剪刀一根根剪下，像筷子一样收拢装进容器里。

水下电火花切割？乔素凯善于融会贯通的大脑迅速闪过一个画面。几年前到国内核电站交流，对方用到过这种技术，只是不涉及核燃料。把这种成熟技术运用到乏燃料水池里，材料不变形，剪切工艺也简单。乔素凯咨询专业

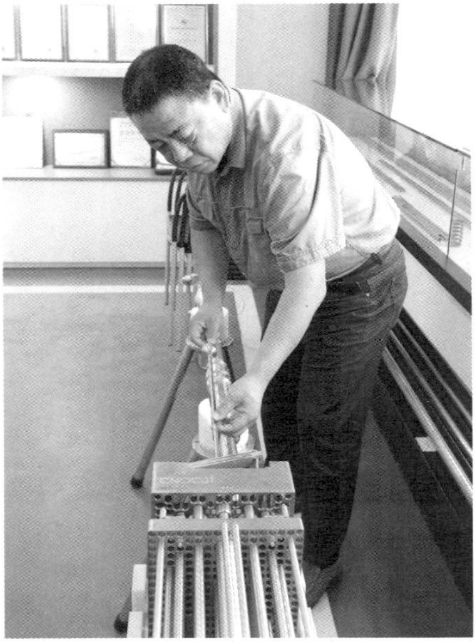
乔素凯在进行组件内窥镜样机试验

人士，做实验起草立项报告，项目正式上马。

所谓电火花切割，就是特殊材质的铜极片与被切金属材料接触放电，局部高温电蚀闪火花，边放电边往前推，就像激光切割，没有物理压力，切口平整不变形。

新研发的设备在硼酸水下进行实验，表现非常好，转而切割辐照过的相关材料，居然不见火花闪现。这又是什么状况？项目进展卡壳，走进了死胡同。

乔素凯也不是万能的，苦思不得其解时，他的压力非常大，时不时脑瓜里的责问像水底的一串气泡冒上来：干吗呀，给自己找这些麻烦？他勉强调动阿Q精神宽慰自己，上帝关上所有的门，总还会留下一扇窗户给你吧。

他去集团研究院找燃料设计专家讨教，他们做完实验后得出结论，堆芯运行过的材料表面有氧化膜，这层氧化膜不导电。两头电极不通，闪不出电火花。

乔素凯无奈地憨笑起来，这显然超出自己的知识范畴。很多原理都是这样，从不懂到懂，再到不断精通，知识储备宏富起来，再碰到拦路虎时，由彼及此的联通，让他产生了更多的解决方案。乔素凯把切得动跟切不动的两种材料进行对比，一个表面银光闪亮，一个表面呈黑赫斑渍。

立即进行实验，用工具把水下运行过的材料表面磨掉一层，切割片靠上去立马放电，可以切得动了。但按下葫芦又起瓢，新问题来了，切得慢不说，才一会儿又停下。出水的切割片像狗啃过一样，残缺不全。

正好加工厂有技术员到访，便坐下来谈及当下遇到的问题。大家都没往刀片上去想，因为做过多次试验，不可能是它有问题。

谈着聊着，乔素凯忽然发问："在硼酸水下，这种材料是不是唯一，如果有唯二唯三，其他材料是否也应该进行评价？"

加工厂的技术员想了一会儿，才把握不大地回道："好像还有一种叫乌金的青铜合金，可以考虑试一试。"

换了新切割片后，一口气可以切完24根。经过一波三折，水下电火花切割项目干成了。2019年，这种技术在国内首次涉核使用，乔素凯特别地开心。

只要是与核燃料相关的事，乔素凯总是异常敏感，脑子里的思维就像铁屑碰到磁铁，全部纠缠上去。不是横空出世去创造一个什么，而是触类旁通，只要在哪里看到什么技术，心里就一个念头，能不能移到高辐照水池里用？虽然年纪比徒弟们都大，但他提出的思路超前，"搬运"意识非常强，往往成为业内最早提出新技术的人。

外基地的台山核电站是与法国合作的欧洲第三代机型，2021年，乔素凯带领团队在台山修复组件时，发现那里用上了一种叫内窥镜的设备，一时兴趣盎然。分析评估后，感觉难度不大，可以为我所用。

燃料组件运行后剂量高，不能出水，组件格架、插控制棒的导向管内部如何检查？往常要综合各种现象，分析

乔素凯在进行组件远程操作工具试验

判断，耗时费脑还不一定百分百精确。耐辐照燃料组件内窥镜可以直观地看到内部情况，提供确凿数据。因为放射性电磁场强，影响信号源。他们研发的内窥镜，通过两种耐辐照石英光纤有序组合，一种是传像，一种是导光。前端有光学镜头，后面有摄像机。传像光纤进口排列与出口一致，从而传出图像。

组件自动操作设备测试

乔素凯心想，媒体形容自己是外科医生，现在看来还要升级兼任内科医生了。就像给患者做肠胃镜检查一样，去发现燃料组件内部的瑕疵及潜在缺陷。

难题接踵而至，做这样的检查，必须把燃料棒抽离，而抽棒工具有一个保护套管始终抵在上方，无法回避。本来原理很简单，因所处环境特殊，不代表设备不复杂。那段时间，他终日纠结这些细节，经常做实验到很晚，寝食不安。

项目组成员一起讨论方案时，乔素凯提出，能不能在抽棒工具的保护套管上做点文章，全体否定。保护套管永远不能与抽棒工具分开，如果抽出的燃料棒裸露，存在刮蹭风险。大家甚至认为这个思路无价值，完全不接受。

一向对安全严谨、保守的乔素凯当然不是他们那种想法。他阐释了自己的观点，“保护套管是靠自重作用落下，我们用一个装置卡住它，内窥镜的光纤管很细，只要能留出一个小口，足够钻进去。”

柳暗花明又一村，原来是这样呀。整个思路被盘活，大家纷纷转而赞同。

这么多年来，乔素凯犹如技术创新的发动机，每当研发中遇到瓶颈，大家在一起讨论碰撞时，数他招数最多，结果基本还是按他的思路解决了问题。

2023 年，陈鹏尹升任核燃料特殊维修中心主任，有人不理解地问他：“你都中心主任了，领导你师父了，怎么所有事还是乔工牵头呀？”

陈鹏尹淡然一笑。师父无法替代，在团队里他具有绝对威望和凝聚力，点子多，创新技术“潮”，跟着他搞创新，有挑战、有干劲，也很刺激。师父自有他的人格魅力，从来没有因为要评什么优秀了，要升职级了，他才加紧努力一把。这么多年来，大家都非常敬佩他。特别是成为大国工匠后，他初心不改，没有一丁点儿想“躺平”的意思。

第十一章 军功章呵，有你的一半

每一位顶级工匠背后必有一位任劳任怨的家人。欲成为一位技能超常者，要比一般人付出更多的汗水和心血，全心全力坚定一个方向，用超乎常人的时间把手艺操练到极致。我们不可能要求每一位大国工匠都面面俱到，八面来风，他得在一个点上聚集所有时间，持之以恒地磨砺自己。

乔素凯回想成为大国工匠的人生，感恩一路有贵人加持。这其中最重要的两个人，师父传授技能，教他攻坚克难，登顶一座座山峰；媳妇则为自己建立起一个井井有条的稳固根据地，让他毫无后顾之忧，在一线攻城拔寨。

儿子乔乔读小学时，每到周末下午的一个时间点，就和同学在核电花园小区大门外核电专车停靠点等候，要接爸爸回家。一辆辆大巴人空车去，看别人乐陶陶的，他却基本接不到人。乔素凯的爱人蔡玲玲总是好言好语把他劝回家。爸爸忙，要加班。这成了她给儿子解释的口头禅。

五六年级时，儿子的作文《我爸爸最喜欢加班》中写到一件事，他跟同学在家里的电脑上制作表格，画米字型描红格，怎么也做不出来，被爸爸三下五除二迅速解决了。他的爸爸好厉害。

家里距乔乔就读学校不过5分钟路程，乔素凯一次也没接送过。有一回下午放学，蔡玲玲接乔乔时在校门口等待，学生家长一起聊自家的孩子。乔乔班里一位同学家长悄悄问她，一直不见乔乔爸爸来接，你是不是单亲妈妈？蔡玲玲属于典型的客家女性，吃苦耐劳，贤惠大度，虽心里有委屈有抱怨，却没有像别人那样不高兴，她知道自己丈夫精力都花在工作上，确实忙得抽不出身。

周末，乔素凯偶尔回家也都在补觉，他待得最多的就是那张床，上午躺下午也躺晚上继续躺。所谓家，就是他

2000 年，以岭澳一期核电站为背景乔素凯的全家福

安逸温馨的港湾，他归来休整充电，然后满血复活，再精神抖擞沉浸到他的燃料组件里。长此以往，蔡玲玲也练就了自己的黑色幽默，对婆婆揶揄道：还好家里的床比较结实。那时乔素凯的妈妈从山西来帮忙带小孩，看儿子这个样子，非常困惑地问儿媳，他干的到底是啥工作呀，怎么会累成个这个样子？半夜醒来，蔡玲玲经常发现身边不见人，到客厅找，他正抱着燃料组件模型看，着魔似的。

蔡玲玲对来采访的记者吐过槽："他见燃料比我多，那个才是他'老婆'呀。这辈子，他就是电厂的人了。"

乔素凯难改工作现场习惯，原封不动搬移到家，什么都是安全第一，插头不用要拔下来，物件怎么摆，阳台花盆要怎么放，衣服要怎么晾……蔡玲玲很是无语，后来学乖了，凡事先问他，能不能这样放，不行就挪位置。

乔素凯曾经自嘲，自己某些方面是不是有点弱智，回家用牙刷时，永远记不住哪个是他的，每一次都要问个明白。蔡玲玲气不打一处来，蓝色！就那个蓝色的。是不是你们工作时旁边都有人监护？每一步都要经过确认。他自知理亏，只好幽默一下，满脸憨笑地回答道：是的，那个叫三段式沟通。反省自己行为，他也觉得很奇怪，不知自己怎么会有一种神奇的排他法，只要与工作无关的人和事，自然就不会过脑，即便较真起来，想记也记不住。然而，一涉及燃料方面的数据，却能不假思索，脱口而出。

每次出差，蔡玲玲都会把衣物和生活用品收拾好，妥妥帖帖放进行李箱。这一年 9 月，他又要去外省公干，蔡玲玲特意交代，里面放着两块他爱吃的莲蓉月饼。明天中秋节，记得晚上 9 点整，我们一家人开视频吃月饼，就当隔着玻璃团圆吧。

最难的还是长期一个人带孩子，既当娘又当爹陪伴孩子成长。乔乔自幼患哮喘，多在下半夜两三点发作。上小学的一天下半夜，他又发出呼哧呼哧的呼吸声，因为医院离家只有一站地，蔡玲玲为了省点钱，背上乔乔就往医院跑。

有次比较严重，医生说要住院。输完一瓶药液后，症状稳定下来，蔡玲玲便一手托着背上的乔乔，一手杵着棍子上的药瓶，背着他回家继续输剩下的一瓶，完了针头也是她自己拔的。医生知道后发出警告，以后不允许再自行操作。

乔乔高考那年，又突发哮喘，蔡玲玲心急如焚，撑不住了，急电乔素凯，他连夜赶到医院。当他在急诊室找到娘儿俩时，已经是凌晨3点。乔乔手上输着液，两人靠在椅背上，头挨着头睡过去了。媳妇的手指还紧紧抠着乔乔的手指，固定在自己大腿上，唯恐睡着后针头移动。

乔素凯坐在他俩对面，用手机悄悄拍了几张照。然后静静端详着媳妇那张疲惫、憔悴的脸庞，他内心最柔软的地方被触碰到，一时百感交集。孩子已经长成大小伙子，这之前经历了多少次深夜就医，他们娘儿俩就是这样相依为命，一次次扛过来的。媳妇虽有埋怨有叹息，但从没因此朝他发火动怒，她知道自己的工作不能出错，不能分心，一个人担下了家里的大小事，把苦累和孤单全部压在心底。这样想下去，不由得心酸起来，媳妇这么多年来的操劳付出，让他愧疚难当，心头一热鼻子一酸，眼前模糊了。

后来，每次面对电视观众，一旦提及此事，当年的场景如在眼前，乔素凯的嗓音当即哽咽，双眼便湿润，停顿好一阵儿，平复心情才能继续把话讲下去。

乔素凯一家人难得的旅游时光

乔素凯庆幸自己命好，找对了媳妇，如果没有她苦心经营的大后方，他的半壁江山早就沦陷了。在反应堆厂房吊装燃料组件时，在乏燃料厂房拧水下螺钉时，在向徒弟传授技能时，在创新研发新设备时……他还能那样专心致志、诲人不倦和信念坚定吗？没有她的理解和付出，显然不可能有自己今天的成果。今后但凡能有空余时间，无论

乔素凯一家人在大亚湾

如何要多陪陪家人，哪怕坐着相对无语，对自己也是一种救赎，对媳妇则是一种补偿。

趁孩子高考完，无学业负担，乔素凯终于下决心休了一周假，带着娘儿俩去青海湖畔自驾游转了一圈。工作终于彻底放到一边，他享受着少有的天伦之乐，青海湖大海一般的蔚蓝，昆仑山脉覆雪的群山，茶卡盐湖的天空之镜……看到媳妇孩子在大自然里惬意绽放的笑容，乔素凯的心情颇感宽慰，俨然完成了一项宏大伟业，负疚的心理压力减轻了许多。

乔素凯的一系列表现，让蔡玲玲感觉时间就是一个塑造人的高手。近些年，他会主动帮着做一些家务，尽管业务生疏，有一次，熬了一锅排骨海带汤，海带没洗，结果汤里全是细沙。参加他徒弟和家属聚会时，也让她对丈夫另眼相看，他还懂得教徒弟换位思考，说什么做核电员工的家属不容易，要有感恩的心，多跟家人在一块，多分担家务什么的。要是早这样，她的生活里还需要装进那么多的唉声叹气吗？

蔡玲玲还记得，跟同事聊起孩子，都说小学六年级或者中学一年级这个时间段，男孩女孩都经不得说，莫名其妙地吵呀闹呀，青春叛逆期来了。乔素凯理直气壮地回

乔素凯与儿子在青海

应，我们家乔乔就没有呀。蔡玲玲反唇相讥，那几年你一年出差两百天，就是待在大亚湾，你回家几次？孩子想要见你一面都是奢侈，他那些反常表现，你有机会看到吗？

就像部件上的不锈钢材料出现卡涩那样，乔素凯的时间会凝固在某个时段。40岁那年，蔡玲玲要给他过生日，他反诘道，我才30出头好不好。蔡玲玲好笑又可气地摇着头，30出头？儿子都上中学了，你自己好好去算一算。你还十几岁结的婚呢？

时光荏苒，有时，蔡玲玲看着乔乔人高马大的背影，恍然如梦，时间过得这么快，几十年一晃就翻页了，我都奔50的人了。她庆幸乔素凯喜欢拍照，偶尔翻开相册，过往的温馨一幕幕回归，慢慢鲜活生动起来，她惊喜地发现，自己还曾经有过叫青春的岁月。生活中原来还曾经有过这么多的美好。

2019年，去北京参加“大国工匠年度人物”颁奖典礼，晚会结束后，乔素凯第一时间给媳妇打电话，蔡玲玲听了也很欣喜很激动，跟着体验到一种叫光荣的感受。这么多年来，自己全心照顾家庭，千辛万苦都过去了，满腔委屈也得到了该有的补偿和慰藉。

在家里，乔素凯基本不细说工作环境，蔡玲玲看了电视才知道，他离核燃料那么近，所干的工作风险程度又是那么高，而且，燃料操作还必须那么小心翼翼，心细如针眼，这与他生活里大大咧咧的，不讲究，简直判若两人。

那时，乔乔在广州读大二，周末回家兴奋异常，他对妈妈说，真没想到呀，这种事怎么会落到我们家头上。乔乔有几个玩得比较好的同学，看了电视新闻就开玩笑问，都姓乔，这个人跟你们家有没有点关系？乔乔无比骄傲地说，那是我爸爸！哇，你老爸好厉害。同学的敬佩，让乔

乔素凯与媳妇分享过往时光

乔心潮澎湃，好有荣耀感呀。蔡玲玲看孩子眉飞色舞的高兴劲儿，曾经失衡的心理又一次得到平衡。

乔素凯在儿子眼中就是个寻常人，没有什么与众不同的华彩，当看到“大国工匠”评选百里挑一时，这才发现英雄近在咫尺。其实大国工匠更多时候与普通人并无二致，只有全心全意投入工作时方才熠熠生辉。

第十二章 九十九分也算不及格

乔素凯记得，2002 年大亚湾基地拥有四台机组以后，但凡涉及燃料操作项目的开工会，诸如新燃料接收、大修换料、乏燃料后运，公司分管生产的副总一定不会缺席，他郑重其事地嘱托大家，核安全第一呀！需要动用什么资源，公司全力配合。

足见大家对核燃料的重视程度，因为一旦把核安全放到国际视野，谁不会感到责任重如泰山呢。不能丢中国人的脸呀。

2008年，乔素凯去法国培训操作技能，那是他人生的一个转折点。那时，他当换料主管5年了，考虑事情的半径已不仅仅局限于操作技能，思想里多了一份危机意识。当年，法国的核电站数量排世界第二，运行多年，积累了不少事件反馈。他们曾经发生过这样的事，卸料前堆芯吊开上部构件时，一组燃料组件被整体带起来。乔素凯受此启发，回来后也模仿研发了一套预案处理设备，还针对

乔素凯在大亚湾核电站现场工作照

不同堆型进行过数次整体演练。现在，他的团队已经准备了十几种类型的预案。这些预案他希望永远用不上，就像国家防化部队，可能一辈子都不会遇到实战，但必须有备无患。

在法国期间，核电专家对他们进行事故预案演练的现场情形，让乔素凯铭心镂骨。大家正常卸料操作，燃料棒突然破损，几秒内，水池里冒起大量气泡，霎时间仪表灯亮起，报警灯闪烁，警铃声刺耳。现场的人根据培训要求，迅速拿起气瓶，边朝脸上套边往门外跑。虽为模拟，但现场感逼真，极富视觉冲击力，让乔素凯心里也毛毛的。他被深深触动了，实际操作中的毫厘之差，就可能引发这种让人心惊肉跳的场面。

这个世界上，许多事可以知错就改，但核燃料不会给人亡羊补牢的机会。要确保核燃料的万无一失，没有如果。乔素凯苦口婆心地告诫徒弟和同事：燃料操作需要一次做好一件事，因为没有机会让你后悔。要避免风险只有稳妥做好每个细节，缜密周详，明察秋毫，昨天以前的所有安全操作记录归零，每天都是崭新的第一步。

有一年，外基地需要修复三台机组的三组燃料组件，工作伊始，他们按规定先用模拟组件演练过一遍。第一组修完，大家在办公室讨论，现场负责人考虑时间效率，认为连续相同操作，后面不再进行重复演练的话，至少节约3天时间。

那时乔素凯已是换料顾问，有一票否决权。他的话没有丝毫犹豫，“不行，照常演练。虽说关键点昨天已经做过，但因为换了一个厂房，工况不同，不确定有什么变化。不能仅仅考虑它会延长工期，重走一遍再执行下一阶段操作。”

修复燃料组件，用外国设备和技术，跟着外方学跟着外方做。法国人有自己的一套标准，你学我就得按照这个标准执行。学了两次后，乔素凯觉得，总是跟着法国人脚印走，人家出问题你也跟着出问题，永远无法提高。他想做一件事，根据现场情况，先参考法国人的标准，再形成自己的技术标准。

那时，徒弟或前或后都成为换料主管，他在现场可以腾出时间做视野更开阔的事。他用DV全程录像，晚上一个人在办公室回看。他发现有些地方可以优化，如这个地方靠近水池边，人有可能失足掉落，必须系安全带；在这个点上，组件可能有碰撞风险，应该先停下核实，再做下一个动作。通过一帧一帧的录像回放，他整理出一些思路。乔素凯召集团队成员一起开会总结，大家各抒己见，如现场遇到什么问题，发现哪个步骤有风险，等等。然后他提出框架，大家补充，逐步形成自己能够实现的标准。

这里有一件事值得一提。一次，修复组件回插的替换棒比之前低了近2毫米，还在法国正负2毫米的标准之内。当时已到了下班时间，大家开始收拾工具。那时，乔素凯

乔素凯在研究堆芯控制棒组件结构

的大脑正高速转动。他在燃料厂考察后知道，工厂装配的燃料棒都是从上管座抽到下管座，下面对得整整齐齐，上面允许公差正负 1 毫米。新燃料组件进入堆芯运行一个循环后，可能辐照生长。我们无法知道当时新燃料棒的状况，万一原先已经低了 1 毫米，再加上现在的 2 毫米，潜在风险就不好说了。如果现在把工具挂回去，让问题过

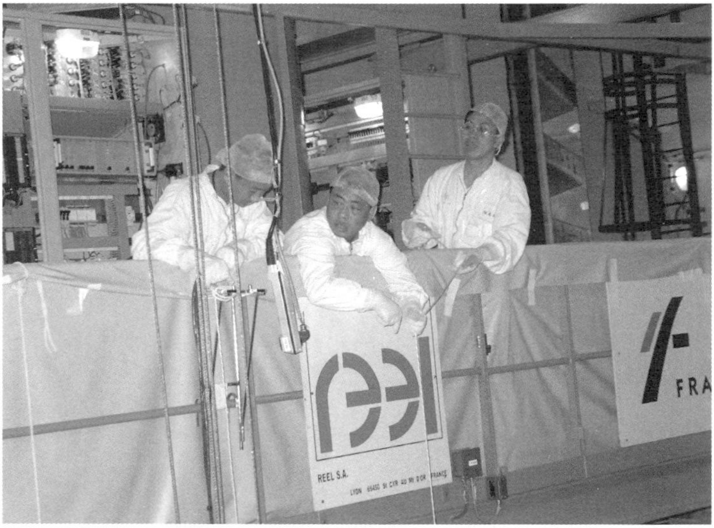

堆芯异物打捞现场（中为乔素凯）

夜，明天再来处理会更麻烦。

他厘清了自己的思路，把想法跟大家解释了一遍，用商量的口吻道：“目前我们不知道之前情况，恢复到原有状况，每一个环节把事情做到位，肯定不会留下隐患。”

团队里如果都是他的徒弟，也许心里不情愿，但看师父脸色也不会多说什么。但现场还有其他同事呀。

果然，有人觉得他太过于较真，便开口了，“乔工，不可能这么赶巧吧。怎么说都还在法国人允许的标准之内。”

乔素凯看一时说服不了他们，便换了一种口气：“不能抱侥幸心理，必须返工！如果我们无所谓，以后核燃料安全怎么保证。这里高一毫米那里矮一毫米，认为九十八分九十九分就是优秀。开了这个口，这种想法会慢慢放大，大家思想就会松懈。老话说得好，千里之堤溃于蚁穴。”

他扫了一眼围在身边的徒弟和同事，继续道：“退一步讲……比如吧，停车入库准确到位，别人看好像技术好，其实是风险更小，少了被剐蹭的可能。燃料组件入堆标准越高，运行中出现异常的概率就越少。”

看他把事情讲到这样的高度，没人吭气了。不管情愿不情愿，大家又各就各位，拿起工具重新抓取。乔素凯敢这样下命令，是对自己的手感很自信，凭经验和控制一定能做到，只是耗时而已。这个操作确实有难度，加班了近两个小时，做到第二遍才臻至完美。

尽管现场做到圆满，但抓棒和释放在同一个高度，近2毫米的偏差究竟何以产生？其中的机理又是什么？事后，经过大家几次讨论、研究琢磨，发现了其中奥妙。燃料棒头脖子凹槽处有小空间，抓爪工具提它是最高点，压它变最低点，基准面不同。因为这个空间存在，受力点不一样。操作时抓爪压下后往上提一点，给它多1毫米，按这个方式来，抽出来什么高度，回装就是什么高度了。

根据这个原理，大家又重新体验了一遍，各有各的感悟。根据工具反馈上来的手感，如往上起了1毫米，燃料棒冻住时松开。做完后，松棒时会有一个细微窜动，上提或者下落，看不同工况，提前考虑到预量。通过训练，大家或快或慢都能达到这个水准。

针对这个问题，乔素凯又组织大家讨论，他说："虽然技术是从老外那儿学来的，但不能全凭国外标准。跟着别人步子走，永远超不过他们。我们有能力做到更好，把这个误差控制在接近零。既然想自主化修复组件，我们就要形成自己的标准。标准高意味着失误少。"

燃料棒高度与拔棒前比较的回插标准，法国人绝对值≤ 2mm，而乔素凯团队做到了绝对值≤ 1mm。青出于蓝而胜于蓝，这是团队特别值得骄傲的一件事。

2016 年 7 月，乔素凯到外基地参与大修，在乏燃料厂房水池换料前的例行检查中，有人在望远镜里发现水下的燃料组件旁边，有一片指甲盖大小的不明物若隐若现漂动，像塑料片又像纸片。

得到通报后，乔素凯很快出现在现场。大家一起分析

乔素凯在分析燃料组件上管座结构

情况，该基地的换料队长提出自己的观点，“这个东西很小，漂得又快，不可能是金属。我看捞不捞影响不大，应该继续正常工作。”

以乔素凯的经验来看，通过判断异物情状做决定存在偶然性，要审慎决策。既然发现，想方设法捞起来属于上策。万一它进入某个机械部件，卡在很小的齿轮间隙，吊

乔素凯在创新工作室研究组件模型

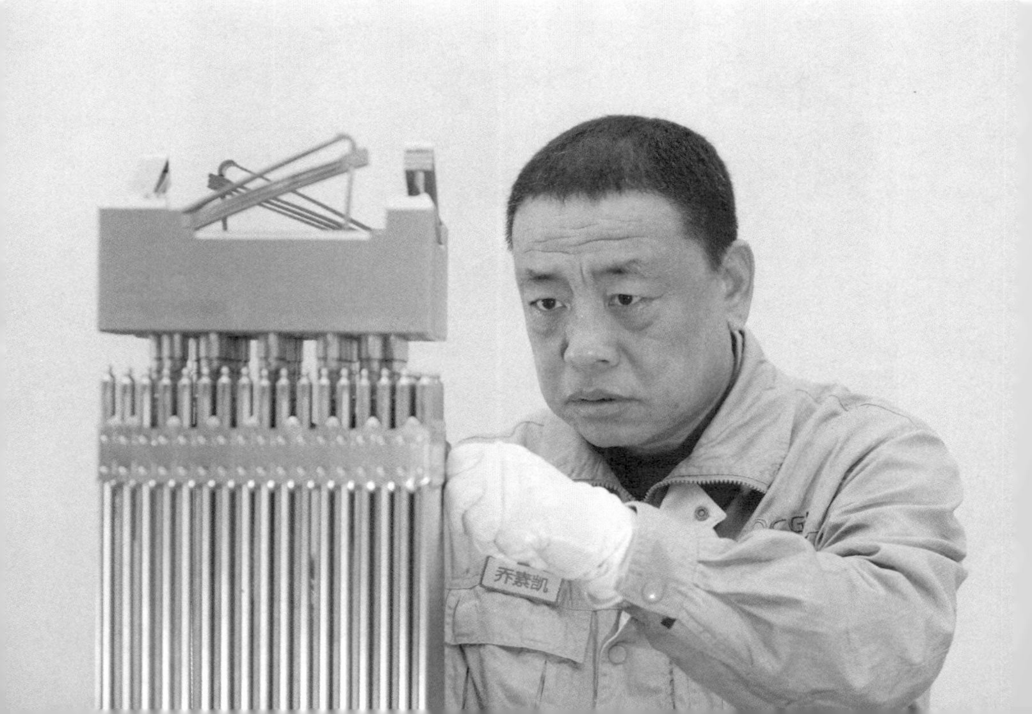

装燃料组件时卡住。而且，进堆芯后，封闭的一回路里，压力和流量非常大，如果卡在燃料棒之间左磨右蹭，假以时日，可能把燃料棒包壳磨破。这些潜在风险都不可以接受。

大家统一思想，尊重换料顾问意见，决定停下手头其他事，集中精力实施打捞。可是，当他们准备好所有工具，望远镜水面找，摄像机水下搜，寻过来找过去，竟然再没发现那片异物的一点踪影。此时的水池情况比较复杂，除了一些燃料组件，池底还有不少没装组件的格架喇叭口。无论漂到哪里都得处理，装料带进堆芯麻烦更大。

换料是整个大修换料的关键节点，它的完成时间决定了机组何时运行。捞这个玩意儿代价太大，队长从管理角度考虑，说出自己的想法："有没有可能之前是水面反光，真要有的话，查了这么久，总该有点蛛丝马迹。"

乔素凯想的则是，燃料组件从堆芯卸出来还有热量，为了冷却，水池的水 24 小时循环。水流扰动，一会儿漂这一会儿漂那的可能性很大。他的决心已定，斩钉截铁道："任何疑似的东西都不能心存侥幸，不允许有任何异物进入反应堆。继续找，活要见人死要见尸！"

不知过了多久，水下摄像机终于发现那片神出鬼没的异物。15 小时奋战，终于把“罪魁祸首”揪了出来。有惊无险，居然是一块工程塑料薄片，建设阶段留下的残余。异物确实存在，大家都长吁了一口气。

事后看，这块塑料片不捞起来也不碍事。但验明正身了，便化解掉潜在危机，剔除了其他可能性。倘若核安全是一张 100 分的试卷，它没有 60 分及格，85 分优良的概念，就是 99 分交卷也算不及格。

在反复对撞中，大家感受到一次实战教育。如果都抱着凭运气态度，早晚有时运不佳的那一天，事故往往在这里播下种子。这让人联想到墨菲定律，很多事情藏在冰山底下，没有防患于未然，没有前瞻性，哪天说撞便撞上了。核燃料就是这个脾性，你不敬畏它，它就会反噬你。虽然耽误了工期，推迟时间并网发电，但大家都觉得非常值得。

核电意识决定了排查异物的决心，乔素凯团队让人叹为观止的燃料操作零失误、换料设备零缺陷纪录，就是在这样一件件小事的叠加中，连接起一道守护核安全的防线。

第十二章 十年磨一剑

时间往前推到2007年，水下检查燃料组件外观时，乔素凯团队已经发现某个组件骨架存在缺陷。法规规定有缺陷就不能入堆，只能存放在乏燃料厂房的水池里，等日后有能力时再做处理。但264根燃料棒全然完好，造成巨大浪费。修复好重新入堆属于上策，但在这个领域，当年的大亚湾核电站一无技术二无设备。

燃料组件骨架由上下管座、定位格架和导向管构成，水下固定好缺陷燃料组件，把缺陷组件里的燃料棒全部抽出来，再插到一个全新的骨架里，这就是换骨架，专业名称叫整体修复。整体修复，乔素凯已经暗暗惦记上它了。

因为有这个需求，核电站就此事咨询过生产原型机的法国法码通公司。法方也有意通过技术转让出口设备，等到法方专家来中国交流技术时，便通知大亚湾核电站，整体修复这个事，可以面晤相关事宜。

当时"法码通"在大亚湾还有办事处，乔素凯和一个英语非常出色的同事奉命前去洽谈。法方专家大致介绍了他们的技术和设备，以及一些相关信息。他们的方案就是国际上通用做法，在乏燃料厂房的水池里，把缺陷组件180度翻转，下管座朝上，拆除下管座，露出燃料棒。然后还没有装上下管座的新骨架也入水，两个摞叠起来，通过专用长杆抓取燃料棒，从缺陷组件抽出，一气拉到新骨架里面，然后安装好上下管座，骨架整体修复便完成。

一番我问你答的对话后，关于组件的整体修复，乔素凯大概知晓了其中的原理，也懂得了这个事大致从哪些地方入手。

与法方专家的交谈平和友好，但乔素凯总是感觉对方一副财大气粗的样子，底气十足，好像吃定了你。法方专家说过这样的话："中国没这方面经验，但我们能处理。"

乔素凯在燃料组件整体修复现场

通常，老外要看到询价函才会正儿八经报价。第二次上门交流时，乔素凯试探性询价，法方专家笑着回道："很贵，你们可能买不起。"

"究竟多贵？总有个数吧。"乔素凯非常在意这个信息，紧缠着追问。

法方专家透露得五六百万欧元。按当年汇率，这就是五六千万人民币。乔素凯听罢，险些从椅子上跳起来，天价呀！太离谱了吧。

核电站高层根据他们与法方专家沟通的情况，进行了大量国内外技术咨询和参考，确定了三种方案：一是全面引进法国技术及设备，并提供设备图纸；二是只引进法方设备图纸，在国内加工设备；三是完全自主开发。

再去"法码通"办事处时，乔素凯提出，"能不能转让图纸？"

法方专家的回复毫无商量余地："提供设备图纸，也是同样价格。"

当时，乔素凯非常不服气，这就是技术垄断嘛。如此结果超出预期太多，谈下去也不可能有任何结果，后面就不再谈了。

那几年里，国内制造业发展迅猛，为乔素凯的民族情结、国家情怀提供了强大支撑。他就是觉得花这笔投资很冤枉，只要研究清楚其中的原理，凭中国人的聪明才智，自己也能做成这件事。一旦手头空闲下来，他便带着徒弟出差调研，开始多方面技术摸底和知识储备。他们到国内燃料制造厂跟技术人员交流，咨询组件骨架出现缺陷如何修复？对方提供了一些有限的资料。参观燃料厂生产车间时，乔素凯意外获得一个特别直观的认识。陆上拉棒简单明了，从上管座一气拉到下管座，永远朝一个方向拉，因为反复来回拉，极易损伤棒壳。陆地和水下同一个道理，老外说的拉棒方式原来还藏着这个道理。他们也去了秦山等国内核电站多方调研，不耻下问，除了原理性的方向，他们也获得了一些信息和文件，对整体修复有了初步认识。

2009 年，法方专家来大亚湾做培训，乔素凯和他的团队很快掌握了单棒修复理论，技术上也有了全新认识。在这个基础上，对整体修复更有谱了，他向公司提出研发骨架修复设备，亦不是头脑发热的鲁莽冲动，一时心血来潮。他深刻地理解，与核燃料打交道，就像行走在刀尖，稍有闪失便会惹祸上身。老外漫天要价，这个坎儿他过不去。他的梦想已不仅仅是燃料组件的单棒修复，而是着眼

燃料组件整体修复现场

水下的整体修复。

整体修复是个什么概念？它相当于把燃料制造厂的组装流水线搬到乏燃料厂房的水池里。当时，在很多人眼里，乔素凯的雄心壮志几乎就是一个不可能实现的项目。

时不待我，只争朝夕，乔素凯有了紧迫感。他频繁进行各种研发试验，讨论技术规范，论证自己方案的可行性。2010 年，他完成了《燃料组件整体更换项目可行性研究报告》，黄家权审阅后，尽管认为整体修复涉及的方面太多，技术难度大风险高，但中国人迟早要跨出这一步。他也很想推动这个项目，嘱咐乔素凯一定要与研究院深度合作，获得全方位的技术支持。

在乔素凯提供的方案和单棒修复数据的基础上，研究院全面分析了这种方式的安全性，计算抽棒摩擦力系数，论证整体翻转方式是否安全等，出具了一份安全论证报告，与乔素凯的可行性研究报告一起提交大亚湾核电站。经过各种经济性分析，多方论证，走审批流程，最后核电站董事会批准立项。2012 年，经过 5 年的前期准备，项目正式启动。

整个项目投资预算 1500 多万元，他们一无图纸二无经验，借鉴燃料组件单棒修复经验，在一张白纸上开始描绘蓝图。这个雄心不仅仅来自乔素凯，整个团队都摩拳擦掌；研究院也跃跃欲试，他们认为一步步地稳扎稳打，实现自主化是或迟或早的事。此前，大家已经挖了5年的渠，现在水到渠成了。

后来，在设备制造的几年时间里，经历了很多曲折，一个个难关都被攻克。2015年以后的两年间，在成都的加工厂督造、调试和改进主要设备，乔素凯和他的徒弟们前前后后驻厂半年之久。

2017年3月，国内唯一一套燃料组件水下整体修复设备，大大小小上百件，装满了两个10米长的“非标”集装箱，运到大亚湾核电基地。项目进入倒计时，乔素凯团队在技能培训中心一比一模拟水池加班加点安装调试，又经过8个月模拟组件演练，万事齐备了，才把所有设备移进乏燃料厂房的水池里。

中国人开始了盼望已久的整体修复，2000多道工序，超过50%不可逆呀。在时间的嘀嗒声里，264根燃料棒从缺陷组件全部抽到新骨架，每一道工序虽然慢却顺风顺水。在末了的一个环节，把为拉棒工具做导向的适配器吊开，胜券基本在握。因为剩下的上下管座回装，他们轻车熟路。

始料未及的是，就在这个节骨眼上，安装在燃料篮上的适配器与燃料篮销子出问题了。20 公斤重的适配器，吊车逐渐加力到 100 公斤，依旧没有脱出的迹象。咬死了。

现场紧急研究对策，分析原因是不锈钢材料容易卡涩，适配器销子和燃料篮销孔匹配孔隙太窄。乔素凯换下徒弟，凭自己的好手感，事情仍然没出现转机。

面临猝然出现的局面，大家都没这个心理准备，一盆冰水浇灭了现场每个人的满腔热情。后来，找来研究院和

整体修复设备调试时合影（左一为乔素凯）

设备制造工厂现场分析情况，依然一筹莫展，未能找到解决方案。

千难万难都蹚过来了，末了还陡生如此羁绊。大家情绪低落，这个事太难了。

虽然乔素凯也心生沮丧，但他是大家的主心骨，不能自乱阵脚。他经历的事多，比较有定力。那天下午四五点钟，他让大家都离开现场，召集整个项目组在会议室开会。他的脸上不见气馁之色，貌似淡定地对大家说："整体修复项目在国内第一次做，遇到意料之外的问题也属正常。我们不可能面面俱到，任何项目都不可能万无一失。既然拦路虎摆在面前，以我们目前的专业力量，相信最后可以解决，但需要大家一起开动脑筋，群策群力。"

接下来，他讲了抚顺特钢厂千锤百炼的体会，又从自主化研发联系到民族自信，以一番激情动员，提振每个人的信心。

当着众人的面，尽管乔素凯坚心如磐，但一人独处时，搜索枯肠不得结果，心里也会横生一种强烈的受挫感。多年来的经历，他已经学会在最困难之时，排空大脑，不去一味纠缠眼前的死结。

这天清晨，乔素凯早早醒了，他萌生一种强烈欲望，

组件修复前乔素凯在现场的讲解

就想去看看大海。当他开车到半岛深处，不期然看见在地平线上酝酿力量、准备喷薄而出的一轮旭日。漫天霞彩灿烂瑰丽，见证着天地间一场伟大的分娩。被压成椭圆的旭日奋力挣脱海面粘连，仅在眨眼间便跳脱起来。顿时，黯郁海面被铺上成片金光，一道烫金大道朝他延伸过来。乔素凯看得如醉如痴，他被大自然的雄奇、壮美深深震撼，浑身血脉奔突，多少人生豪迈、坚韧与激越就这样一起涌上心头。他拍下美照发到工作群里，早起的同事一片喝彩。他想激励自己也想给团队成员鼓劲打气，还准备补上一行字：我们的事业如此壮丽，任何乌云都无法挡住我们跨入新一年的步伐。

几天来，乔素凯但凡有一点什么想法，便招呼大家一起坐下来观点碰撞。这天，大家在一起研究设备结构图纸，有人注意到适配器与燃料篮的衔接处，说可惜只有十几毫米，空隙太窄。乔素凯接过图纸，盯着沉思良久，蓦地拍了一下桌面，好！这里可以做文章。插入一个特制的顶升工具，把卡死点的销子局部顶开。论证结果，大家觉得可行，心里又升起了新的希望。有人提出用蜗轮蜗杆传动方式，通过手动便于控制力度大小。

顶升工具到场那天，由华先锋操刀，他不敢太使劲，慢慢地一点点往上加力。大家围在水池边，紧盯水下高清摄像机的监视屏，现场鸦雀无声。时间漫长得仿佛经过了一个世纪，就在大家心里的失望渐渐冒头时，华先锋感到手柄瞬间一松，成了！与此同时，厂房里整个气氛犹如一锅烧开的水，大家都情不自禁地挥手欢呼，兴奋地跳呀喊呀。

乔素凯和他的团队，前后酝酿10年的浩大工程完美收官。国内在压水堆核电站水下整体修复领域的空白被填上了最美的油彩，而且全部技术掌握在中国人自己手中。经事后检测，他们的整体修复各方面的数据优于国际标准，系统智能化、安全性及可靠性较高，领先国际同类技术水平。

十年磨一剑，中国核电又多了一柄能定乾坤之剑。2022年7月，"燃料组件骨架修复系统及方法"不负众望，获得中国专利优秀奖。

面对媒体记者，乔素凯也难掩内心激动："一生中能干成这样的'世纪工程'，是我最值得自豪的一件事。"

组件修复团队

第十四章 花一般绽放的热爱

2018年春节前后，乔素凯去东北外基地持续大修换料两个多月，回来在家待的一天时间里，他坐立不安，仿佛有一堆蚂蚁在心尖上爬，瘙痒难熬。翌日一早，他开上车就往大亚湾去了。他要去另一个家，期盼以北回归线以南的茂盛草木覆盖满脑子白山黑水的图像，沐浴和煦阳光来消融心里的天寒地冻。

此前，他所获得的荣誉多限于深圳市或中国广核集团。去年劳动节期间，中央电视台《大国工匠》栏目持续报道了他的事迹，赞誉"传心创世、追求极致、精益求精"的工匠精神。能一步步走到今天，都是这里的山、这里的海对他的加持。大亚湾有他的根，大亚湾就是他的第二故乡。

把车停在核电站厂区大门前的停车位，他迫不及待地下车，手扶着车门时，远远望去，大门上方"大亚湾核电"五个描金字，以前天天掠过眼帘，此刻却被赋予了新的内涵，让他难以自持，仿佛"少小离家老大回"的游子找到自己曾经的家门。他竭力平复内心的激动，这时，耳畔渐渐响起一首歌《大亚湾的孩子》："海风吹呀吹，无边海连着天，大亚湾是蓝色的家园；海浪摇啊摇，浪花像白雪，让我吻你最亲爱的容颜……"在童声合唱里，他的眼眶开始湿润了。

这一刻，他心潮澎湃。我就是大亚湾的孩子，与大亚湾一起成长，见证了国家的和平崛起。从北方的一个小山村走到改革开放前沿，感觉被苍天眷顾，祖国核电大发展的春天成就了自己。祖上一定是烧了高香，在这个可遇不可求的创业舞台，我开阔了眼界，锻炼了自己，掌握了很多先进技术，还能做创新这样有意义的事。有人说，工作与爱好能重叠在一起，人生幸莫大焉。在这般无可挑剔的环境里，我从不发牢骚，只有一门心思干好工作，爱岗敬业，确保核燃料不出问题。职业生涯，公司会帮我考虑规划。我不跟别人比，永远怀着一颗感恩的心。我的大部分时间在大亚湾，感觉这边比小家更让我留恋。这时他又想起媳妇经常挂在嘴边的一句话，你回家就像住旅店，就是来睡觉的。反正我也改不了，20 岁来，现在奔五了，今生已经定在这里。这种炽热的情感，应该就是第一代建设大

堆芯换料现场（右一为乔素凯）

亚湾核电人的情结。

门岗扫了他出示的二维码，放行。笔直宽敞的大亚湾大道上，两旁翠绿葱郁的行道树，仿佛都朝他摇曳欢迎的树冠；人行道边花圃里的杜鹃花、三角梅，也冲他绽放鲜艳的笑靥。看后方无来车，打转向灯，他往办公室方向踩了一脚油门。乔素凯特别遵守交通规矩，他经常想，我就是这里的主人，做好榜样，这是我义不容辞的使命和职责。

他三步并做两步上楼，没进办公室，火急火燎开启“核燃料操作维修工匠工作室”的门扉，打开所有的照明灯。暖黄光晕下，墙边地台上，那些久违的换料专用设备生动鲜活起来，都是他们的科研成果。

他俨然将军一般走上前，拍拍肩摸摸头。这些是水下异物打捞小机器人，四种类型用途不同，水下带机械手的，长一双眼睛的，陆用带摄像头远程检查的；后面紧挨在一起的是水下摄像机样机，已经到第五代了，从大块头到身形小巧，见证了专用设备国产化科研的足迹，目前，这些技术均处于国内领先水平。另一侧墙边，是一些组件模型和组件修复长杆，乔素凯双手抱起一个微缩版模型，局部剖面展示燃料棒、导向管内部情况，玲珑精致。他爱

技能培训中心一比一模拟水池

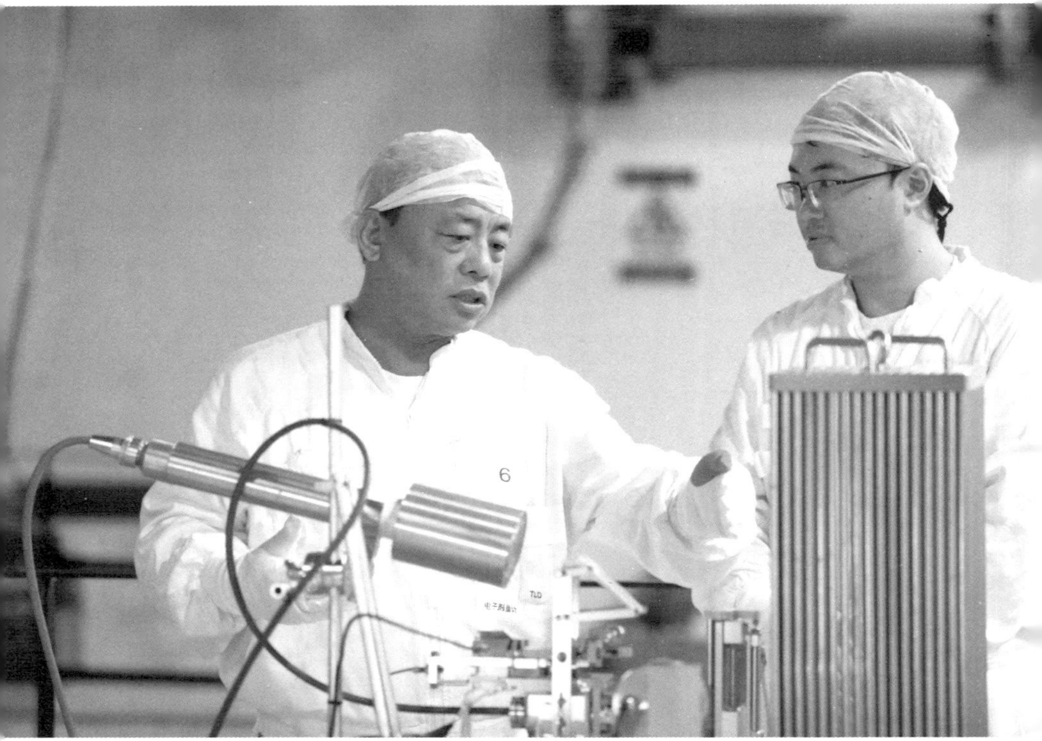

燃料组件检查设备试验（左一为乔素凯）

不释手地摩挲着，他喜欢这些玩具似的模型，办公室摆家里摆。这次去红沿河，他还让徒弟装一个在管座专用箱，提到异地他乡，见它比见家人还多。有它陪伴，人会变得慈祥与安宁。面对它想事情，常常灵感闪现，找到解决问题的路径。

今天，徒弟带新人在乏燃料厂房水池的模拟组件上练长杆操作，他也想进去看一看。只要有些时候没进控制区，他总会觉得好像还有什么事没做。卡一刷换上工作服，心里头一缕莫名的快乐旋即袅袅而起。他们练得很投入，乔素凯朝徒弟摆摆手，没去打扰他们。他往水池另一边踱去，眼睛在蓝色的水下巡睃来巡睃去，那里依稀隐约，但他知道哪儿放着啥东西，它们在水下安静待着，便有了一种岁月静好的气象，让人内心踏实……

时间好像抹了油，溜得畅快无痕，徒弟们开始收拾工具准备下班。乔素凯忽然想，在大亚湾已经待了 26 年，我的青春我的热爱都留在了这里。人生这一辈子还有几个 26 年呢？日子真的就逝去了吗？我怎么感觉还是当年精力充沛的样子，身上有使不完的劲儿。

乔素凯走上前，戴上乳胶手套，把他们从模拟组件上管座拧下来的套筒螺钉，一个个用去污布擦拭干净，全部放入一个专用桶。开始时，徒弟们以为师父收集起来，是准备研究使用过一次的螺纹状况，与全新的做一个比较。后来发现，此举纯粹爱屋及乌。只要与燃料组件相关的零部件，师父一概爱惜，当宝贝似的。冷冰冰的核燃料组件，在师父眼中都是有生命的，他经常对徒弟们说："要当宝宝一样呵护。善待它，它才能以最佳状态入堆运行，否则也会闹脾气。"

春天孩儿脸，说变就变。晚上，绵绵春雨笼罩在天地间，乔素凯做完厂区宿舍卫生，准备休息。窗外沙沙的雨声悦耳酥心，惊蛰后的春雷一串串滚过。他有个毛病，一个人待着的时候怕黑。上床前，他打开卫生间的灯，一道橙黄的光从微掩的门缝洒了进来，卧室被笼罩在朦朦胧胧的温馨里。

久违了，躺在大亚湾怀抱里的感觉真好。开始，他还想着红沿河大修堆芯装载困难的事，毫无知觉地，他踅入另一个世界……

乏燃料厂房水池四壁的水下照明灯，把深深的水底映得忽明忽幽，颇似浩瀚宇宙一隅，他宛若在太空漫步，身轻如燕，走着走着身体还飘了起来。《大亚湾的孩子》那首歌的旋律在水池里回荡，他情不自禁地跟着哼：从遥远的梦，到未知的预言，直到神话出现在眼前。每一段成长，有欢笑有泪水，有最动人的每天每夜……

踩着音乐节拍，他在水池底闲庭信步。地面密布图案一般的方格，都是还没有存放燃料组件的格架喇叭口，他飘着一个个迈过去。然后就看到一簇簇高耸的燃料组件，它们静静地立在储存格架里。他还是第一次这么近距离仰

身穿气衣准备高风险操作（左一为乔素凯）

乔素凯在创新工作室介绍情况

视它们，在堆芯运行过的组件，气质就是咄咄逼人。光枪的灯柱像划过天鹅绒似的幽兰天幕，仿佛天上同时悬挂着好几个冷月亮。自己俨然巨人，穿梭在拔地而起的高楼大厦之间，捍卫着这座组件环围的城邦安宁。一道光打在前边的专业工具上，他心花怒放，那可是他最称手的兵器。他上前抚摸着，凑近看有没有螺丝松动。哎，边上这个闪着银光的容器好别致呢，犹如古罗马建筑，七根柱子撑起一个屋檐，上面还排列着七个漏斗一样的造型，漏斗连接着下面的柱子。哦，想起来了，它们是等待检查的燃料棒临时贮存器。蓦地，他好像记起了一件事情，飞快舞动双脚，转瞬间飘升到水池边……

该是醒来的时候了，他的生物时钟还处在红沿河状态，没完全倒回来。作为资深换料顾问，他不倒班，24 小时处于待命状态。大修换料期间的常规操作，成长起来的徒弟们已能胜任，但作为换料顾问，根据经验，每到关键节点他必定提前在现场现身。他已经养成了一个习惯，晚上 11 点前睡下去，三四个小时后一定会醒来，他要进现场才能心里安稳。这个时间段是人的生理最低潮之时，大家都靠意志力在支撑，专注度会下降。进去帮助顶一顶扛一扛，解决一些临时出现的问题，换班时出来再补觉。

他披衣靠在床头，大脑渐渐清醒。

那件事情的始末是这样的，当时开发高清单棒检查设备，就是针对这个容器里曾经装着的燃料棒。因为设备的配套支架大，落到池里伸出来一截，挡住贮存容器的四个入口，燃料棒存放数量从原来七根变成三根，对组件修复操作影响比较大。后来，团队成员一起大脑风暴，讨论如何处理。按自己意思，先换棒，完了再做检查。毛病是步骤增多，工序烦琐，中间还可能增加一些风险。大家都围绕自己提出的方向补充，拘泥于工艺如何优化改进，在怎么提高效率方面出谋划策。陈鹏尹另辟蹊径，他提出能不能把支架改一改，在边上做些小调整，可以多出两根燃料棒空位。不记得当时大家的反应，反正自己觉得徒弟提出的方案开脑洞。后来，大家评估论证，确实能保证数量增加到五根，基本上满足组件修复的工况。

这件事让他反思。不错，他是扛大旗的，项目的提出和解决，基本由他主导，但不能总是按照自己的思路去展开，众人添柴才能火焰高嘛。徒弟们都很优秀，要把他们的智慧发挥出来。这之后，团队商讨出一种广纳良言的新办法，开放式收集创新点子，把大家提交的方案记录下来，先不做评价。最后进行归类，一条条再去分析，保证不会有遗珠之憾，同时也激发大家的创新热情。

每当看到徒弟和同事让他有自愧不如的时候，那一定是传承的丰收季节。他会反复念叨谁的好，心里便有了花儿绽放一般的开心。遇到好徒弟好同事也是一种幸福，这为乔素凯经久不衰的热爱，补充了源源不断的能量。

第十五章 地平线上的曙色

为了持续有效利用核能，国际原子能机构对核安全非常重视。国家主席习近平在第三届核安全峰会上也呼吁国际社会携手合作，实现核能持久安全和发展。

与所有核电站一样，大亚湾核电基地配套连续监测大气的设备，定期采样气溶胶滤纸，通过实验室仪器分析放射性元素指标，以此判断环境是否受到影响。这些数据参照核电站建设初期保存的本底，目前一直维持在原有水平。数据表明，核电站运行这么多年，没有对周边环境产生放射性影响。除了固定测量点，基地还有流动环境监测车和气象站，一旦出现异常情况，便能即刻发现。

在核电站之外的几千米甚至几十千米范围内，也分别设立了辐射监测点，必要时有监测车、监测船和航测飞机进行流动巡回检测，取样分析空气、海水、土壤中的放射性浓度以及粮食、牛奶和海产品中的放射性水平。在核电站自身安全警戒线之外，地方环保部门也有环境监测站和

烟墩山上望海亭

在线实时辐射监测系统，这些监测和保障系统，确保了大众免受核污染和核辐射影响。

聚焦到压水堆核电站，在设计、建造和运行时，处处考虑到对核辐射的防护，它有三重"金钟罩"和"铁布衫"，俨然俄罗斯套娃，一层套一层，一关连一关，任何一个环节发生意外，都有与之对应的保护措施，防止放射性物质外泄事故发生。核燃料芯块装在锆合金包壳内，能有效防止放射性物质外泄；20 厘米厚钢质外壳的压力容器，封闭反应堆；反应堆厂房外墙也是一道安全壳，它由 90 厘米厚的预应力钢筋混凝土结构制成，内衬 6 毫米钢板，除阻止放射性物质外泄，也可以保护重要设备免遭外来袭击（如飞机坠落等）的破坏。

核电站内部还安装了许多监测探头，一旦出现异常立刻警报，值班人员会及时采取应对措施。此外，核反应堆堆芯放置在硼酸水溶液中，阻断核辐射，确保核电站"心脏"区域安全无死角。

魔高一尺道高一丈。日本福岛发生核事故后，根据国际原子能机构的核事件反馈，采用世界最高安全要求和最新技术标准、具有中国自主知识产权的第三代核电技术堆型——"华龙一号"成功解决了这个问题。

作为一个从业者，乔素凯感受到国内的核电设计加强了冗余防护手段，一道不够，还有第二道第三道。让他特别欣慰的是，32 年的时间里，他本人也成为中国一半以上核电机组核安全的其中一环。

核电站产生清洁能源造福人类，使得成为世界工厂的中国，不至于重蹈当年雾都伦敦尘霾蔽日的覆辙，可以

乔素凯为新员工介绍创新工作的历程

理直气壮地向世界承诺实现"碳达峰、碳中和"的国家战略。据测算，大亚湾核电基地平均年发电量约450亿千瓦时，等效减少标煤消耗约1362万吨，等效减排二氧化碳约3771万吨，等效种植森林10万公顷，环保效益相当显著。

在"大国工匠年度人物"颁奖典礼上，中国大陆第一座大型商用核电站——大亚湾核电站奠基人之一的昝云龙老先生，曾经对观众介绍未来中国的能源版图设想：估计到

2019年，乔素凯参加国庆阅兵

2040年，我们会拥有150台百万千瓦的机组。当然未来的机组，在技术上、安全上将是比现在更升级的第三代第四代。

年轻的时候，乔素凯绰号木头，他不善表达也不太爱讲话。但发生在他身上的事就是那么神奇，他偏偏被推到公众人物的风口浪尖，变成中国广核集团的一个代表，到其他单位做报告。有高人点拨他，你不是王婆卖瓜，你讲的是团队事迹，你是集团工匠的一个缩影。他才克服了心理障碍，在台上慢慢自信起来。2019年10月，乔素凯作为工匠代表，被邀请出席庆祝中华人民共和国成立70周年大会，在天安门广场的阅兵式现场，中央电视台正好拍到他们这个团，他觉得太幸运了。他眼含热泪对媒体记者说："技能报国是一代又一代中国人的光荣和梦想，为了祖国的强盛和人民的幸福，就一定要有干惊天动地事、有做隐姓埋名人的胸怀和担当。"乔素凯身上的民族自豪感沐浴着阳光雨露，灿烂怒放。

乔素凯日渐精进的技能与祖国的核电事业一起成长，国家复兴崛起，为他搭建了一座成就梦想的坚实舞台。不忘初心，传承工匠精神，怀抱一颗以技能报国的初心将是他毕生的追求。他梦想在燃料相关组件修复、国产化设备开发领域，继续做到行业顶尖，举起一面旗帜，树立一个

乔素凯在广西乐业爱心助学

标杆，打造中国核电的百年老店。

乔素凯还记得，与别人交流单棒修复项目时，曾经有人质疑，乔工，这都什么年代了，还要靠人工？当时他觉得人的双手最灵敏最可靠。后来，他接收了很多信息反馈，特别近几年来，人工智能发展神速，他转变了观念。现在，他的团队也准备上机器人，把人解放出来。

昨天的一切归零，而今迈步从头越。

2023 年，乘着国家鼓励新质生产力的东风，他的团队再次扬帆起航，经过充分调研，他们着手设计、研发第三代燃料组件上管座 24 颗套筒螺钉同时自动拆装项目，应用当下成熟的智能技术，改写人工操作水下 4 米长杆的历史，提高燃料组件修复的可靠性和安全性。而且智能化实现快速修复，比以往修复一个组件，用时快了 5 倍，从而产生了惊人的效益。

第一代赴法学习核电技术的“黄金人”，他们“低头靠勇气，抬头靠实力”话音犹在耳畔，中国已然从发达国家的学徒成长为合作伙伴，从学习别人的标准发展到自己制定标准。40 多年来，中国大型商用核电走了三个过程，引进、吸收、消化。如今，“大国重器”华龙一号，设计、建造、调试、运营，百分之九十多实现了自主化。随着共建“一带一路”的推进，中国核电与国际接轨，开始走出国门。我们协助外国建设和运营核电站，为其他国家的核电从业者做培训，这是中国从制造走向创造的影响和魅力。已经52岁的乔素凯有了一个新愿景，期盼哪天能走出国门，去维护中国帮助建设的核电站。那将是他一生的荣耀。

此前，面对记者采访，乔素凯说出了自己今后的心

热爱摄影的乔素凯

愿："媳妇喜欢旅游，希望退休以后，我能好好弥补心里对她的愧疚，带她去各地旅游，看看祖国的大好河山。"

知夫莫如妻，蔡玲玲马上笑着揶揄了一句，"他舍得退休吗？"

目前，乔素凯堪称业界领军人物，以其在核燃料领域的突破与创新，真的无法说走就走，无论在哪里都会有他继续发挥余热的舞台。当下，国务院延迟退休年龄办法出台，按乔素凯现在的情况，退休时间可以再延长两年。不知得到这个消息，他是否又偷着乐呢。唯有哪天徒弟们独当一面，他才可能放下那颗永远不知疲倦的心。

又是一个秋高气爽的正午，烟墩山上，大叶相思树艳黄的穗花开得如火如荼，空气中弥漫着淡淡的花香。乔素凯一个人静静地坐在望海亭的石凳上。海风带着他的思绪恣意飘扬，他忽然有个新发现，把这座屹立海岸、曾经筑有烟墩的小山头，跟核电站厂区大门外的大鹏所城和校场尾旅游区联系起来，这里分明就是明朝初年的抗倭战场呀。当年深挖洞广积粮，筑起海上长城，御敌于海外，与今天这片海湾培养了自己技能强国的能力，甚至还能让他走出国门去帮助别人，这中间似乎有一条隐秘的丝线相连。

这样想着，他越发觉得人生非常值得琢磨和玩味。

他的双眼掠过鹿嘴山岬，海面俨然蓝绿色的调色板，苹果绿、浅蓝、湛蓝、墨蓝。在天光下，海湾里的万顷碧波呈现出一道道亮亮的斑纹，颇似一条条弯曲的海路，通往东面的大洋，那里烟波浩渺，海天一色。天上的云朵悠悠变幻游走，被烫出明亮的金边，此刻，几块厚厚的云絮包裹着太阳，一道金色阳光从云罅间泄下，犹如舞台的聚光灯，海平面上登时亮起一片金光，闪动着粼粼波光……

那里有自己的舞台吗？

后记

2024年下半年很有意思，我和清洁能源结缘了。

这一年8月从塔里木的油气田回来，马不停蹄又赴大亚湾核电站，近20天的走走看看问问聊聊，生活中理所当然享用的清洁能源，从此有了沉甸甸的内容。每次再按电源和打开燃气灶开关时，脑海里就会油然浮现出一些熟悉的脸庞。南疆的第三条天然气管道，穿越4000多千米的地理区隔已经连到了福州，而"中广核"核电站发的电也早已输入电网。我的采访对象们通宵达旦地为此辛勤工作。

在大亚湾采访"大国工匠"乔师傅时，我想起一件事。10年前，一位赴国外学珠宝首饰专业的朋友，成为该国成绩斐然的首饰设计师。回国省亲时为国内母校牵线，想促成两地联合办学。双方谈到最后，母校得知对方是技术专科学校，放不下大学的名分弃谈。殊不知自己的专业教学与人家比，被甩了好几条街。

所幸这些年的中国，在制造大国走向创造强国时，我们的观念也变得务实起来，在培养学富五车的精英之外，全社会开始注重工匠队伍的建设，举国评选大国工匠便属一例。一线技工亮相央视大舞台，也能像演艺明星一样按下手模。那一双双默默创造价值的手，同样也是新质生产力不可或缺的有机组成部分。

早年读大学时，一位来自某兵工厂青工的同学讲过一个笑话。有一年他们制造的炮，检测时发现炮管膛线出了问题，工程师们研究了几天还是束手无策，最后请来一位其貌不扬的退休老师傅，他上前左看看右瞅瞅，提起榔头在炮管上砰砰敲了几锤，问题立马迎刃而解。让他说究竟为啥，他还说不出个子丑寅卯来。但那神奇的手神奇的锤，却让满腹理论的工程师们赧颜。

炎黄子孙源远流长的历史，工匠精神的传承从来未曾缺席，华夏历史典籍里散落着许多这样的故事。卖油翁取铜钱覆葫芦口，以勺注油，油自钱孔入而不湿。他的奥秘是，唯手熟罢了。俗话说台上一分钟，台下十年功。话虽轻描淡写，却道出成功背后付出的汗水和艰辛。纪昌学箭，前3年苦练眼不眨，后3年视微如著，最后以牛毛悬虱于窗，睹虱如车轮，射之贯虱之心而毛不断。庖丁解牛3年后，对牛身视而不见，凭借精神接触其肌理结构。每遇筋骨交错，便谨慎而小心翼翼，目光专注，动作从容，运刀宽绰有余。解牛数千，刀刃依旧簇新。

在工匠文化的传承方面，中广核集团核电运营公司持续精耕细作，通过制度、组织和资源保证，搭建起两个平台，高技能人才培养和技能竞赛体系。英雄不问出处，是骡子是马只管牵出来练一练、比一比、遛一遛，从而确定自身价值。根据一线工匠的技能水平，企业内部设立了12档职级，首席工匠的待遇比肩公司副总标准。

就是在这样的土壤中，26年的时间里，乔师傅耐住了寂寞，一心一意，使自己手头的技能日渐精进，从一个技校毕业生一路成长为大国工匠。他不仅个人技能达到国际级水准，还把经验和精神传承给徒弟们，培养出中国人自己的专业团队。在这个过程中，不断提质增效、技术创新，实现了专用工具、设备和技术的自主化，在核燃料操作方面跻身世界第一方阵，让高傲的老外也竖起大拇指。单从明面上看，西方发达国家提供组件整体修复的设备和技术，报价5000万元；单棒修复一组燃料组件，1000万元的价值起死回生……这些都被他和他带领的团队逐一攻克，技术全部掌握在自己手里。还有那一系列的专用工具和设备，都具有独立的知识产权，成本断崖似的下降，创造了数以亿计的经济效益。这就是新质生产力让人刮目相看的强大。

采访乔师傅的过程愉快又纠结，他可以不停歇回答你的问题。他创新成功的每一个项目，只有缘起、困难和结果，就像隆冬的落叶树，剩下根茎、主干和树枝，那些曾经的老叶新枝、主干纹理、树身苔藓等附属物一概不留。我见识了乔师傅神奇的排他法，只要与核燃料无关，他全然不记，发展到后来想记也记不住，都得去查核备案记录。而对那些专业术语、数字和核电原理，他则可以脱口而出，甚至精确到小数点后一位数。这本书中的很多细节和场景，还是从他的师父和徒弟们那里打听到的，从而倒逼乔师傅也"触景生情"，回忆起某些事件的始末。一周时间里，白天、晚上待在一起聊，自以为懂了一些核电常识，开口发问，常常被他马上制止，不对！不是一回事，不是这个概念。搞得我也有了挫败感。讲述一切现象，乔师傅一定要用精准到位的专业术语，而我只想读者能看明白，不出现常识错误，通过科普核电的知识，把他32年来的人生成长经历鲜活生动地描述出来。

大国工匠的产生不可能一蹴而就，除了长时间的自身努力，公司培养人才的机制至关重要，别人的帮助和支持也不可或缺。他的师父睿目识才，他的媳妇倾心付出……在采访他媳妇时，话语中不时有轻轻的叹息。是的，她的付出最终获得了回报，然而逝去的青春已经不再。这些都构成了大国工匠这棵参天大树的土壤、水质和气候环境。

因为时间关系，我强制自己必须在中秋节前的一天结束采访，让他们夫妻俩有一个完全属于自己的团圆。这是我了解了乔师傅人生故事后，唯一能表达个人情感的一件小事，也想借此抒发一下自己内心对大国工匠的崇敬。

大国工匠无疑属于共和国建设的基石，值得整个社会去精心呵护，认识其价值。

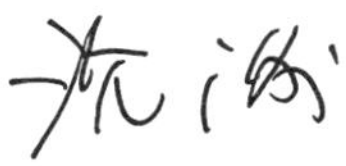

2025年春

图书在版编目（CIP）数据

乔素凯："核"平守护者 / 沉洲著. -- 北京：中国工人出版社，2025. 9. -- ISBN 978-7-5008-8581-8

Ⅰ. I25

中国国家版本馆CIP数据核字第20257W0F92号

乔素凯："核"平守护者

出 版 人	董　宽
责任编辑	傅　娉
责任校对	张　彦
责任印制	黄　丽
出版发行	中国工人出版社
地　　址	北京市东城区鼓楼外大街45号　邮编：100120
网　　址	http://www.wp-china.com
电　　话	（010）62005043（总编室）
	（010）62005039（印制管理中心）
	（010）62379038（社科文艺分社）
发行热线	（010）82029051　62383056
经　　销	各地书店
印　　刷	宝蕾元仁浩（天津）印刷有限公司
开　　本	880毫米×1230毫米　1/32
印　　张	6.5
字　　数	109千字
版　　次	2025年9月第1版　2025年9月第1次印刷
定　　价	49.00元

本书如有破损、缺页、装订错误，请与本社印制管理中心联系更换
版权所有　侵权必究